快乐读书吧
·彩图音频版·

部编版小学语文推荐阅读

聪明的牧羊人·欧洲民间故事

—— 赵　丹 / 编译 ——

扫我，可以听！

山东人民出版社·济南
国家一级出版社　全国百佳图书出版单位

图书在版编目（CIP）数据

聪明的牧羊人：欧洲民间故事 / 赵丹编译. -- 济南：山东人民出版社, 2020.6
ISBN 978-7-209-12797-4

Ⅰ. ①聪… Ⅱ. ①赵… Ⅲ. ①民间故事—作品集—欧洲 Ⅳ. ①I507.3

中国版本图书馆CIP数据核字（2020）第098295号

聪明的牧羊人·欧洲民间故事
CONGMING DE MUYANGREN · OUZHOU MINJIAN GUSHI
赵丹　编译

主管单位　山东出版传媒股份有限公司
出版发行　山东人民出版社
出 版 人　胡长青
社　　址　济南市英雄山路165号
邮　　编　250002
电　　话　总编室（0531）82098914
　　　　　市场部（0531）82098965
网　　址　http://www.sd-book.com.cn
印　　装　北京楠萍印刷有限公司
经　　销　新华书店

规　　格　16开（170mm×235mm）
印　　张　12
字　　数　131千字
版　　次　2020年6月第1版
印　　次　2020年6月第1次
ISBN 978-7-209-12797-4
定　　价　25.00元
如有印装质量问题，请与出版社总编室联系调换。

前言

世间有千万种遇见，遇见花开、遇见缘分、遇见幸运、遇见朋友。在你翻开这本书的瞬间，正是我们的第一次遇见。

曾几何时，在茫茫书海中，我们彼此擦肩而过，有时候，你竟草草地把我丢在一旁。从此，我们之间仿佛隔着浩瀚的海洋，我再也无法与你相遇。为了给你打造一场关于经典名著阅读的视听盛宴，我又经历了一次重塑的过程，铸就了一个崭新的自己，为的就是再次与你相见。

让你爱不释手是我的责任，也是我存在的价值和意义。曾经有人说，阅读中外文学名著，就是在和一位位文学大师对话；阅读他们的每一本书，都是站在了巨人的肩膀上。难道你不想站在巨人的肩膀上欣赏一番别样的美景吗？对于成长中的你来说，选择阅读经典名著一定不会错。阅读经典名著，点亮人生，让你的视野越来越宽广，能够培养你的思考能力和学习能力，还能帮助你树立正确的人生观和价值观。

为了激发你阅读经典名著的兴趣，更好地感悟经典的魅力，专家们在保证呈现经典名著风貌的基础之上，对我进行了浓缩，意在为你提供一张张步入文学经典殿堂的入场券。

如果你说阅读名著枯燥乏味，我们奉上了精美的内文插画；如果你想提前了解书中的情节，我们设置的“名师导读”栏目足以满足你的好奇心；如果你说对名著内容理解有障碍，我们邀请了名师精心做批注，全程为你答疑解惑；为了帮助你有效地积累优美的词句，我们精心设置了“日积月累”栏目；为了有效提升你的阅读思辨能力，我们还设置了“延伸思考”栏目；为了让你透彻地了解所读名著的情感和价值观，我们精心设置了“读后感悟”栏目。

总而言之，所有的编排都是从阅读的兴趣入手，就是为了让你在阅读中有所感悟，在阅读中得到提升。

至此，我也要郑重地、完美地呈现属于我自己的谢幕台词：我满载着丰富的内涵和人文思想，传达着人类的憧憬和理想，凝聚着人类最美好的情感，满心期待与你的美丽邂逅！

番外：

都说“书中自有黄金屋，书中自有颜如玉”，我却认为，读书会让你遇见一个更好的自己，这绝对是一件非常值得的事情，不是吗？还等什么？抓紧去遇见那个更好的自己吧！

目录

欧洲民间故事

才女智斗婆罗门

名师导读

才女秀色超群，聪颖过人，虽然迫于无奈嫁给了婆罗门，但她凭借着机智勇敢，在与婆罗门的不断周旋中，成功地解救了自己，保护了自己的心上人。这则民间故事文字朴实无华，却寓意深刻：在与恶势力做斗争时，不要用蛮力，一定要动脑筋，在打击对手的同时要保证自己的安全，这让我们感受到了智慧的巨大力量。

从前，有一位姑娘，她不但秀色超群，而且聪颖过人。方圆几十里，提起她无人不知无人不晓，大家都叫她“才女”。

附近有位婆罗门，又老又丑，有钱有势，是这个地方的恶霸。他对才女垂涎已久。

一天，他带着家奴，抬着聘礼，到才女家求亲。可才女已经有了心上人，父母也不愿勉强女儿。可是才女知道如果不答应这门婚事，自己的父母就会有灾难，所以，只好被迫同意嫁给了婆罗门。

虽是嫁给了老婆罗门，但才女心里还是不能忘记自己的心上人。所以，她经常背着婆罗门，偷偷与自己的恋人幽会。

谁知，世上没有不透风的墙，这事不久就传到婆罗门耳朵里。

婆罗门气得大发雷霆，可他不敢对才女乱发脾气。回到家里，他只问才女是否真的犯下了这等罪孽。

才女心中一惊，但马上又镇定下来，从容应付婆罗门。“这是谁说的？根本就没有这事。”看着婆罗门半信半疑的样子，才女发誓：“除了你，我没有接触过任何男人的手。你若不信，我就跳入火中，向你证明我的清白。”❶

于是，婆罗门吩咐人垒起柴堆，点燃后召来许多人旁观作证。他召来才女，说：“如果你是清白的，那就跳进火里去吧！”才女站在人群中说：“婆罗门啊，除了你，我没有碰过任何男人的手。我说的是真话，请大火不要烧我！请大家为我作证啊！”

❶ 才女没有被婆罗门吓倒，而是进行了有力地反击，从中可以看出才女的聪慧。

在场的人不断发出唏嘘声。人们同情才女的遭遇，都对婆罗门的残暴行径愤愤不满。

就在这时，一个小伙子勇敢地站了出来，窜上前去，一把抓住才女的手，喊道：“大家看看婆罗门，竟然让这样一个年轻的女子跳进火里！”人群立即骚动起来。❷

❷ 在我们都为才女捏一把汗时，事情出现了转机，这样的写法使故事的情节跌宕起伏，吸引读者的注意力。

原来才女在被叫来之前，已叫心腹去告诉她心爱的小伙子见机行事。小伙子赶来后，挤在人群中，注视着才女的一举一动。

这时，才女挣开小伙子的手，对婆罗门说：“我的誓言被破坏了，我不能跳入火中了。”

“为什么？”

“我的誓言是‘除了我的丈夫，我没有接触过任何男人的手。'现在，这个男人抓过我的手了。"大家都跟在才女的后面附和。

婆罗门明白自己被才女捉弄了，可是又毫无办法，只好答应她不让她再往火堆里跳了。

日积月累

秀色超群　聪颖过人　垂涎已久　大发雷霆　半信半疑　唏嘘　见机行事

延伸思考

1. 婆罗门已经知道自己上当了，为什么还答应才女不再让她往火堆里跳了？
2. 你喜欢故事中的才女吗？为什么？

潘多拉魔盒

名师导读

潘多拉出于好奇打开一个魔盒，释放出人世间所有的邪恶——贪婪、疾病、痛苦等，最后潘多拉把放在盒子底层的美好东西“希望”也放了出来。因此，即使人类不断地受苦、被生活折磨，但心中总是留有可贵的希望。在死亡以前，希望永远存在，人生也因充满了美好的希望而变得熠熠生辉。《潘多拉魔盒》的故事源远流长，以不同的版本出现，并被人们从不同的角度诠释。它是一个色彩斑斓的神话世界，是一个尽情驰骋想象力的天堂，带给我们梦想、期待、智慧和希望。

从前，有一个善良的小男孩，名叫埃皮迈索斯。他是一个孤儿。上帝看到他一个人独自生活很孤单，就安排了一个同样失去父母的小女孩潘多拉，和埃皮迈索斯一起生活。

潘多拉从遥远的地方赶来，走进埃皮迈索斯的小房子。房子里整齐地摆着一张床、一个桌子和一条凳子。桌子上放着一个精致的盒子，是用深色木头做的。潘多拉被这个漂亮的盒子深深地吸引了。她走过去，伸手想要打开盒子，却被埃皮迈索斯连忙拦住了。

潘多拉不解地问：“埃皮迈索斯，盒子里装的是什么？我不可以看看吗？”

“这是个秘密。”埃皮迈索斯回答说，“亲爱的潘多拉，我也不知道它里面装的是什么。”

“可它是从哪儿来的呢？”潘多拉问，“是谁给你的呢？”

“这也是秘密。”埃皮迈索斯说。

“真没道理！”潘多拉嚷嚷着，噘起了小嘴，“我讨厌这个盒子！”

“别想它了，我们出去玩吧。”埃皮迈索斯赶紧说。❶

❶对话描写。埃皮迈索斯的“这是秘密”，激起了潘多拉打开盒子的好奇心。这是怎样的一个盒子呢？这也激发了读者阅读的欲望。

他们俩出去玩了。埃皮迈索斯采了些花——玫瑰、百合和黄色的菊花——编了一个大花环，把它送给潘多拉。一会儿，潘多拉就把盒子的事给忘了。可一回到屋里，看见那个盒子，她又忍不住想起了这件事。

“这盒子是从哪里来的呢？”她自言自语着，又问埃皮迈索斯，“这么漂亮的盒子里，到底有什么呢？”

“我已经说了很多次了，我不知道里面装的是什么。”埃皮迈索斯不耐烦地说。

“如果我们打开它，”潘多拉坚持说，“就可以看到它里面装的是什么啦。”

“潘多拉，你想什么呢！”埃皮迈索斯歇斯底里地喊道，他被潘多拉的这个想法吓坏了。

“那你告诉我，这个盒子怎么来的？”❷

❷潘多拉得不到想要的答案，退一步想从它的来历进行判断。

“真拿你没办法，”在潘多拉的一再坚持下，埃皮迈索斯妥协了，“在你来之前，有一个人，披着一件奇怪的斗篷，头上戴着一顶帽子，帽子上插着羽毛，像长了翅膀似的。他把这个盒子放在门口……”

“嘿，我认识他，”潘多拉急着打断埃皮迈索斯的话说，“他是奎克斯立瓦，就是他把我带到这儿的，这个盒子一定是送给我的。也许，盒子里装的是漂亮衣服、好玩的玩具，或者是好吃的。”

“这也有可能，”可埃皮迈索斯还是坚定地说，“在奎克斯立瓦回来之前，我们还是不能打开它。”说完，他就到外面去了。

“真是个傻孩子。”潘多拉咕噜着。

潘多拉一直站在那儿盯着这个盒子。盒子用一根金锁链捆着。她漂亮的脸就映在盒子盖的中央。盒子上的脸一会儿冲潘多拉微笑，一会儿又变得很严肃。潘多拉想：“盒子为什么用链子捆着呢？普通的盒子怎么会对我笑呢？”潘多拉又对自己说：“如果我解开这根链子，再把它捆上，也没关系的。我也不打开盒子呀。”

这样想着想着，潘多拉不小心轻轻碰了一下锁链的扣，这个金锁链就像变魔术似的，自己开了。❶

“天哪！”潘多拉想，“太神奇了！”

盒子上的脸冲她笑着，好像在说：“打开吧，不要紧！”这时，潘多拉听见盒子里有很小的声音在说：“放我们出去吧，潘多拉。我们是你的好伙伴！”

这是怎么回事？潘多拉十分惊奇，盒里有活的东西吗？她想：我就看一眼，看一眼恐怕没什么大问

❶ 大段的语言、神态和心理描写，让我们了解了潘多拉的心路历程。尽管埃皮迈索斯告诫潘多拉千万不要打开盒子，但潘多拉还是没有听他的劝告，在强烈的好奇心驱使下，最终打开了魔盒。

❷ 虽然埃皮迈索斯知道应该阻止潘多拉的行为，但魔盒唤起他强烈的好奇心。这里真实地描写出人在未知事物的面前表现出的正常心理活动。

❸ 尽管潘多拉及时关闭了魔盒，但整个世界已在一刹那陷于混乱之中。所以后来也会用潘多拉魔盒比喻带来不幸的事物。

题吧。

潘多拉把手放在盒子盖上，正要打开它。就在这时，埃皮迈索斯刚好走到家门口，只要他大喊一声，潘多拉可能就会放手的，可是埃皮迈索斯只是小声地说了一句，因为他和潘多拉一样好奇，也想看看盒子里到底装了些什么。❷

潘多拉掀开盒盖往里一看，一群带翅膀的虫子蜂拥而出，从身边一闪而过。这时，她听到埃皮迈索斯很痛苦地喊着："哎哟，疼死我了！"

一种嗡嗡的声音越来越大，好像有许许多多的苍蝇蚊子到处乱飞。这群丑恶的小东西，它们的翅膀像蝙蝠，尾巴上有一根长长的可怕的刺，就是这刺蜇得埃皮迈索斯嗷嗷直叫。潘多拉急忙放下盒盖，想看看埃皮迈索斯怎样了，但潘多拉也疼得嚷起来了。一只飞虫落在她的前额上，狠狠地蜇了她一下。

原来让埃皮迈索斯和潘多拉保存的盒子里装的是整个人类的祸害，它们是疾病、灾难、罪恶、疯癫、嫉妒、贪婪等。在潘多拉打开盒子之前，人类没有悲伤，生活平静，那是因为所有的忧虑和担心，都被封在这只神秘的盒子里。

可是现在，这会飞的烦恼飞出了窗外，飞到了世界各个角落。它们给人们带来了哀愁。❸

这时，潘多拉和埃皮迈索斯又回到了小屋里。埃皮迈索斯坐在墙角，背对着潘多拉。潘多拉趴在盒子上，非常伤心地哭着。

突然，她听到盒子里好像还有什么东西，在轻轻地敲打着盒盖。

"什么东西？"潘多拉慢慢抬起头。

那个声音还在响着。

"你是谁？"潘多拉轻声问。

一个细微的声音从里面传出来："你打开盖，我保证你会欢迎我的。"

"不，不，"潘多拉恐惧极了，"我已经开过一次盒子了。你的那些兄弟姐妹太可恨了，他们在世界上到处害人。"

"噢，"那声音又说，"他们不是我的兄弟姐妹。打开盖儿吧。好潘多拉，不用怕，我是来帮助你们的。"

这声音又悦耳又动听，潘多拉和埃皮迈索斯不约而同地打开盒盖。这时，从里面飞出一只快活的、微笑着的、漂亮的小虫子。它在埃皮迈索斯被烦恼蜇过的地方轻轻一碰，埃皮迈索斯立刻就不疼了。然后，它又亲吻了一下潘多拉的前额，她的疼痛也立刻消失了。❶

"请问，漂亮的飞虫，你是谁呀？"潘多拉看着这个快活的小东西，惊奇地问。

"我叫'希望'。"这个被阳光照耀着的闪闪发光的小东西说，"当世界上的人们遇到烦恼时，我就会来安慰人们。"

"你能永远永远和我

❶在慌乱与害怕中，潘多拉释放出了盒子中唯一美好的东西——希望。因此，即使我们不断地受苦、被生活折磨，但心中仍要留有可贵的希望，不断地自我激励。这是潘多拉魔盒的另一个释义，即充满希望的盒子。

❷故事的结尾告诉我们：我们的生活是多姿多彩的，有烦恼，有痛苦，有失望，也会有惊喜，有幸福和快乐。无论发生什么事，我们都不要失去信心和勇气。失败、挫折的后面就是希望。生活在这个世界上，要永远充满热情，心怀希望！

们在一起吗？”埃皮迈索斯急切地问。

“是的，你们活多久我就和你们在一起多久，”希望说，“我保证再也不离开你们了。有时，你们看不到我，以为我不在了。也许你们在做梦时，会看到我在你们家的房顶上，我的翅膀在闪闪发光。”

从此，烦恼就在世界上到处乱闯，给人们制造痛苦。可是希望呢，它总是展开它那美丽的翅膀，抚平人们的伤痛，为世界带来幸福和快乐。②

日积月累

孤单　精致　自言自语　坚定　蜂拥而出　恐惧　悦耳　动听　不约而同

延伸思考

1. “潘多拉魔盒”的寓意是什么？

2. 潘多拉两次打开魔盒有什么不同？说明了什么？

傻瓜汉斯

名师导读

这是一个可笑的故事。汉斯每次去未婚妻格蕾特家都会带回点东西——一根缝衣针、一把刀、一头小山羊、一块烤肉、一只牛犊。妈妈前一次怎么说，他就怎么做，可惜都用错了方式。最后居然把格蕾特用绳子拴着牵回来，放到牲口棚里了。格蕾特恼了，不肯嫁给他。作者运用反复的手法和幽默诙谐的笔调，虽带着淡淡的调侃意味，却能让我们体会到一定的道理：事情总是处于不断的变化之中，我们做事要因势利导，针对不同事物的发展规律采取相应的措施，才能取得成功。

从前，有一个傻乎乎的小伙子，名叫汉斯。汉斯有一个未婚妻，她叫格蕾特，是一个温柔善良的姑娘。

一天，汉斯急匆匆地往外走。母亲问："汉斯，你要去哪儿？"

"我去找格蕾特。"汉斯回答。

"儿子，要有礼貌啊。"妈妈不放心地提醒道。❶

"我一定会的。放心吧，妈妈。"

"再见，汉斯。"

汉斯很快来到格蕾特家。"你好，格蕾特！"汉斯冲着格蕾特憨憨一笑。

❶ 一个已到结婚年龄的人，还让妈妈这么不放心，似乎有点不太正常。为下文埋下伏笔。

“你好，汉斯！你给我带什么好东西了？”格蕾特面带微笑地对汉斯说。

“我什么都没带，不过，我想向你要点东西。”

“你想要什么？”格蕾特问。

“什么都可以。”

格蕾特递给汉斯一根缝衣针。

汉斯接过缝衣针，一本正经地说：“再见，格蕾特。”

“再见，汉斯。”格蕾特微笑着朝汉斯挥了挥手。

汉斯从格蕾特家出来，把针插在一辆装满干草的车上，跟在车后面回家了。汉斯到家后，天已经黑了。

“晚上好，妈妈！”

“晚上好，汉斯！今天你去格蕾特家，给她带了什么好东西？”

“什么都没带，反而要了点东西。”

“她给了你什么？”

“一根针。”

“针在哪里？”

“插在装草的车上了。”

“哎哟，我的傻儿子，你应该把针扎在袖子上才对呀。”

“知道了，妈妈，下次我一定听您的话。”

第二天，妈妈看见汉斯急匆匆地往外走，就问：“汉斯，你去哪儿呀？”

“我去格蕾特那儿。”汉斯回答说。

“儿子，要有礼貌啊。”妈妈又提醒道。

“我知道了。妈妈，再见。”

“再见，汉斯。”

汉斯来到格蕾特家。“你好，格蕾特！”

“你好，汉斯！你给我带了什么好东西？”

“我什么都没带，我想向你要点什么呢。”

格蕾特给汉斯一把刀。

“再见，格蕾特。”

“再见，汉斯。”

汉斯接过刀，突然想起妈妈的话，就把刀插在衣袖上回家了。

“晚上好，妈妈！”

“晚上好，汉斯！今天你去哪儿了？”

“我又去了格蕾特家。”

“你给她带了什么？”

“什么都没带，我又要了点东西。”

“她给了你什么？”

“一把刀。”

“刀呢？”

“插在衣袖上了。”

“哎哟，我的傻儿子，刀怎么能插在衣袖上呢，你应该把它放在口袋里才对呀。”妈妈看着儿子，无奈地摇了摇头。

“知道了，妈妈，下次我一定听您的话。”❶

第三天，妈妈又看见汉斯急匆匆地往外走，问道：“汉斯，你又去哪儿呀？”

“我去格蕾特家呀。”汉斯回答说。

“儿子，要有礼貌啊。”

“放心吧，妈妈。再见。”

“再见，汉斯。”

汉斯来到格蕾特家。“你好，格蕾特！”

“你好，汉斯！你带来什么好东西了？”

“我什么都没带，想和你要点东西呢。”

“你想要点什么呢？”

“什么都行，你给我什么我就要什么。”

格蕾特想了想，送给汉斯一头小山羊。

汉斯接过山羊，说：“再见，格蕾特。”

“再见，汉斯。”

汉斯一边走一边想，我要怎么把羊带回家呢？对了，我有办法了。汉斯把小山羊的四条腿绑住，装在口袋里回家了。

“晚上好，妈妈！”

“晚上好，汉斯！你今天不会又去格蕾特家了吧？”

“妈妈，您怎么知道的，我还真去了格蕾特家。”

“你给她带了什么好东西呀？”

“我什么都没带，反而要了点东西。”

“你又向她要什么了？”

“她给我一头小山羊。”

“羊呢？”

“我记住您说的话了，把它放在口袋里了。”

“哎哟，我的傻儿子，小山羊怎么能放进口袋里呢，你应该用一根绳子拴住它的脖子，牵着它回家才对呀。”妈妈看着一脸憨笑的儿子，轻轻地叹了口气。

“知道了，妈妈，下次我一定听您的话。”❷

❶ 作者通过生动的语言描写，塑造了一个可笑至极的傻瓜形象，使读者如闻其声，如见其人。

❷ “知道了，妈妈，下次我一定听您的话。”在文中反复出现，一次又一次地推动了故事情节的发展。

第四天，妈妈又看见汉斯急急忙忙地往外走，便问道：“汉斯，你又去哪儿？”

“我想去找格蕾特。”汉斯回答说。

“儿子，要有礼貌啊。”

“我会的，妈妈。再见。”

“再见，汉斯。”

汉斯来到格蕾特家。“你好，格蕾特！”

“你好，汉斯！这次你给我带来什么好东西？”

“我什么都没带，倒是想向你要点东西呢。”

“你想要点什么呢？”

“什么都可以，你给我什么我就要什么。”

格蕾特送给汉斯一块烤肉。

“再见，格蕾特。”

“再见，汉斯。”

汉斯从格蕾特家出来后，又想起妈妈说的话，于是找来一根绳子，把烤肉拴住，拖着它回家了。走着走着，一条狗偷偷地跟在汉斯后面，把烤肉吃了。等天黑汉斯到家时，手上只剩下了绳子，绑着的烤肉一点都没有了。

“晚上好，妈妈！”

“晚上好，汉斯！你又去格蕾特家了？”

“是的，我又去了格蕾特家。我没有给她带东西，她还给我带回一块烤肉。”

“烤肉呢？”

“我把烤肉拴在绳子上拖着回来了，可是，在半路上碰到了一只狗，烤肉让狗吃了。”

“哎哟，我的傻儿子，烤肉应该顶在头上，带回来才对呀。”妈妈看着儿子一脸无辜的表情，不停地摇着头。

“知道了，妈妈，下次我一定听您的话。”❶

❶作者运用语言、动作描写把汉斯的愚蠢可笑表现得淋漓尽致。

第五天，汉斯又急急忙忙地往外走，妈妈问道：“汉斯，你又去哪儿？”

“我还想去找格蕾特。”汉斯回答说。

“儿子，要有礼貌啊。”

“我会的，妈妈。再见。”

“再见，汉斯。”

汉斯来到格蕾特家。“你好，格蕾特！”

“你好，汉斯！

这次你给我带来什么好东西？”

“我什么都没带，不过想向你要点东西呢。”

“你想要点什么呢？”

“你给我什么我就要什么。”

格蕾特送给汉斯一头小牛犊。

“再见，格蕾特。”

“再见，汉斯。”

汉斯接过牛犊，又想起了妈妈的话，他把牛犊顶在头上回家了。

“晚上好，妈妈！”

“晚上好，汉斯！你又去格蕾特家了？”

“妈妈，你猜对了，我又去了格蕾特家。”

“你带了什么给她？”

“什么都没带，反而要了点东西。”

“她给你什么了？”

“一只牛犊。”

“牛犊呢？”

“我把它顶在头上，可它踢到了我的脸，太疼了。”汉斯边揉着脸边说。

“哎哟，我的傻儿子，你应该把牛犊牵到牲口棚才对呀。”妈妈皱了皱眉头，无奈地摇摇头。

“知道了，妈妈，下次我一定听您的话。”❶

第六天，傻傻的汉斯又匆匆忙忙地出门了。妈妈问：“汉斯，又去哪儿呀？”

“我去格蕾特家呀。”汉斯回答说。

“儿子，要有礼貌啊。”

“放心吧，妈妈。再见！”

“再见，汉斯。”

汉斯来到格蕾特家，憨憨地与格蕾特打招呼：“你好，格蕾特！”

“你好，汉斯！今天有没有带好东西来呀？”

“我什么都没带，你还有什么好东西送给我吗？”

格蕾特对汉斯说：“我和你一起去吧。”

汉斯用一根绳子牵着格蕾特回来，把她牢牢地拴在了饲料槽边。

❶遇事不动脑筋，只能使事情变得非常糟糕。要懂得变通，因势利导，才能更好地解决问题。

❷拿的东西变了，拿的方法也要随之改变。不知变通的汉斯根本不明白，外界的环境和条件发生变化，过去管用的方法也可能失去了作用。所以，在处理问题时，一定不能生搬硬套。

然后汉斯来到母亲跟前。

“晚上好，妈妈！”

“晚上好，汉斯！你又去哪儿了？”

“我在格蕾特家。”“你给她带什么了？”

“什么都没带。”

“她给你什么？”

“什么都没给，她跟着我来了。”

“那格蕾特呢？”

“我用绳子把她拴着牵回来，放到牲口棚里了，还扔了些草给她呢。”

格蕾特火透了，挣开绳索跑了，再也不肯嫁给汉斯了。❷

日积月累

急匆匆　一本正经　无奈　偷偷地　无辜　牢牢地　挣开

延伸思考

1. 汉斯每次去格蕾特家都要了什么东西？又是怎样带回家的？
2. 格蕾特为什么不肯嫁给汉斯了？

斯洛伐克好男儿

名师导读

面对土耳其人的烧杀抢掠，瓦沃罗·布列苏拉挺身而出，奋勇反抗，在双方兵力悬殊的情况下，以一当十，创造了奇迹。布列苏拉充满了神奇的色彩。他既骁勇善战、不屈不挠，又足智多谋。这种有勇有谋的英雄品质，值得我们每个人学习。

土耳其人统治斯洛伐克的时候，烧杀抢掠无恶不作，人民生活在水深火热之中。谁都没有把握保证自己的自由、财产甚至生命不受侵犯。❶

那时候，瓦沃罗·布列苏拉在一座小山城里住着，是一条名副其实的斯洛伐克好汉。土耳其人都特别惧怕他，不敢动他一根汗毛。有一次，土耳其人得知布列苏拉不在家，便袭击了他家的庭院。他家的仆人出来抵抗，很快就被俘虏了。土耳其人把仆人们和布列苏拉的妻子捆起来，准备带走。可是他们认为布列苏拉不会那么快回来，不如吃饱喝足再动身。❷

布列苏拉的妻子吓得要命，站在厨房的炉灶前为坏人们做饭。突然，布列苏拉从天而降，神不知鬼不觉地站到了她身旁，说："亲爱的，你在为谁做饭？"

"啊！吓死我了，你可算回来了。土耳其人在这里，俘虏了我们并要我为他们做饭！"妻子战战兢兢地回答。

"你待在厨房不要乱走，看我去收拾这帮匪徒。"布列苏拉抄起武器边走边喊："让我看看今天来了什么客人？"

土耳其人一听到他的声音，立刻熄了灯，一个挨着一个连滚带爬地往窗子边退。布列苏拉怎能轻易放过他们，抓住一个顽敌就是一刀，砍得鲜血四溅。土耳其人的脑袋一个接一个地掉到地上，连已经跳窗逃到屋外的也都成了布列苏拉的刀下鬼。❸

就这样，一个好汉独自救出了妻子和所有仆人。

土耳其人无法忘记这一惨痛的失败，他们寻思着报仇。

过了一段时间，土耳其人觉得时机成熟了，就集结了兵力，在出名的暴君贝契卡的率领下，越山过岭来找布列苏拉算账。一路上他们残害百姓、抢劫钱粮。百姓们哭天喊地，一片悲惨景象。布列苏拉一再动员百姓们和土耳其人搏斗，但无济于事，因为他们手无寸铁，抵挡不了强军壮马。

布列苏拉只好挑了一个勇敢的雇工去碰碰运气。他们一直走到哈塞山下，才想到一个巧妙的办法来对付强大的土耳其军队。布列苏拉藏在灌木丛中的一口水井旁，雇工藏在他的附近。布列苏拉对他说："土耳其军队长途跋涉，一会儿经过这口井时必定会停下来喝水。这时我先朝他们的头目开枪。枪一响，你就变换声音大声嚷嚷：'到这边来，这边来。居拉！萨姆卡！快，快，赶快！'这样敌人听起来就会以为我们人很多。"

❶ 寥寥数笔，就勾勒出斯洛伐克人的悲惨生活，也交代了故事发生的背景。

❷ 作者通过对土耳其人的心理描写，反衬布列苏拉让他们闻风丧胆。

❸ 作者用生动传神的语言描绘了激烈的打斗场面，使读者感到惊心动魄，仿佛身临其境。

果然，暴君贝契卡率领的土耳其兵一看见水井，便下马喝水。这时，布列苏拉端着枪，瞄准贝契卡，砰的一枪就把他打死了。然后，布列苏拉大喊："上帝有眼，让你再也没法蹂躏斯洛伐克的土地了！"他的同伴也放了几枪，还大声嚷嚷："到我这儿来，小伙子们！"几个土耳其人应声倒在血泊中。其他人以为遭到了埋伏，都吓得要命，眼看连首领也一命呜呼，便扬鞭抽马，狼狈逃窜，从此再也不敢来冒犯。

后来，贝契卡就埋在那口水井旁，坟上压着两块大石头。他使用的那根铁棍也被人们保留着，作为侵犯斯洛伐克土地的罪证。

瓦沃罗·布列苏拉使整个斯洛伐克摆脱了土耳其的蹂躏。他永远地活在斯洛伐克人民心里。光荣归于他——勇敢的好男儿！

日积月累

无恶不作　水深火热　名副其实　从天而降　神不知鬼不觉　战战兢兢
连滚带爬　哭天喊地　无济于事　手无寸铁　长途跋涉　一命呜呼

延伸思考

1. 瓦沃罗·布列苏拉的哪些行为体现了他的英雄气概？
2. 你觉得布列苏拉是怎样一个人？

七兄弟

名师导读

“嫌弃——寻找——相认——保护”，这期间发生了怎样曲折的故事呢？最小的小牛哥哥誓死保护妹妹，让我们为之动容，这就是亲情。其实，我们也经常会因为各种原因忽视亲情，甚至在失去以后后悔当初没有好好珍惜。所以，把握当下，趁亲人还在，趁一切都还来得及，带上心愿，好好爱所有你觉得珍贵的人。

从前，有一对农民夫妇，他俩有七个儿子。

不久，第八个孩子快要出生了，七个男孩都不愿意家里有个女孩，于是他们决定预测出生的是男孩还是女孩。

七兄弟在家畜的褥草上竖起一个纺车，在仓房里挂上一具麦枷。如果麦枷打麦，就生男孩；如果纺车纺纱，就生女孩。

有一天晚上，他们看见纺车在纺纱了，都非常生气，就离家出走，到很远很远的森林里去了。

女孩出世了，她渐渐地长大，却从来没见过哥哥。

有一天，她和同龄的孩子们在一块儿玩着，听见他们说：“这个小东西，把七个哥哥都气走了。”

她去问妈妈那些孩子说的是什么意思。

妈妈说：“他们在说笑话。”

有一次，她很有礼貌地与几个洗衣妇打招呼，那些洗衣妇撇撇嘴，不屑地说：“你好，把七个哥哥气走的小东西！”

她又去问妈妈那些洗衣妇说的是什么意思。

“她们也是在说笑话啊。”妈妈解释说。

有一天，一条牧羊犬要咬她。牧羊女喊住她的狗，说：“不要碰这个气走七个哥哥的小东西。”

小女孩急急忙忙地回到家里，请求妈妈讲讲是怎么回事，妈妈终于说出了实情。❶

小女孩说：“妈妈，我要去找寻七个哥哥。”

妈妈对她说：“你得先征得教母的同意，才可以出门去。”

小女孩再三向仙女教母请求，教母才同意她的请求。

仙女替她好好地打扮着，在她的围裙里放了一只橘子，并千叮咛万嘱咐：“好好保存这只橘子。需要我的时候，只要喊我好了。可是，在路上不要喝水，尤其在银泉前面不要停留。”

小女孩出发了。她走进阴森森的密林，非常害怕，于是就喊：“教母，教母，我迷路了。”

从橘子里发出一个声音回答她：

“孩子，前进呀前进，

遥远遥远的路程。

孩子，前进呀前进，

你能走完遥远的路程！”

再走远些，她又喊了：“教母，教母，我迷路了。”

从橘子里发出的声音做着同样的回答。

天热极了，她走得口干舌燥，来到银泉前面，就把嘴凑在泉水里。橘子掉了，在水面上漂浮着，怎么也够不到了。

小女孩很懊丧，继续赶路，却不知道往哪儿走。她又说："教母，教母，我迷路了。"

橘子还浮在水面上，小女孩听见一个轻微的声音回答她：

"孩子，前进呀前进，

遥远遥远的路程，

孩子，前进呀前进，

你能走完遥远的路程！"

再走远些，她又说："教母，教母，我迷路了。"

再也听不见回答了，她害怕极了。❷

她蹒跚地走着，来到一排房屋旁边，几个打麦人在仓房里工作。她听见六个麦枷在打麦，看见另外一个麦枷放在门旁。

她自言自语："也许这就是我的七个哥哥吧？我太累了，走不动了。"

她看见一扇门开着，就偷偷走了进去。桌子上有七只盛满汤的盆子，旁边放着七把汤匙。她饿了，狼吞虎咽地喝掉了一盆汤。这时，几个人回来吃饭了，她赶紧藏在床底下。

七个打麦的人果真是她的哥哥。他们是轮流做汤的，做汤的人盛好汤，就去喊他的弟兄。

其中一个人说："我的盆子怎么是空的呀？把我忘记了吗？"

❶作者通过不同人物之间的对话，再次强调了人们对女孩的偏见，为女孩寻找哥哥做好铺垫。

❷反复重复的是一首小歌谣，鼓励女孩要勇敢向前，使用这种修辞方法，把女孩找哥哥这件事凸显出来，引起了读者的注意。

“不应该呀。我来给你重做一盆吧。”

第二天，小女孩故伎重演，又喝完了一盆汤。

另一个兄弟说：“今天，我的一份落空了！什么道理呀？”

“我给你重做一盆吧。”

一连六天都是这样。第七天，轮到年纪最小的弟弟做饭了，他自言自语道：“我一定要弄明白是怎么回事。”

他做好了汤，一只脚跨在门外，另一只脚站在门里，喊了一声，很快就回过身来，小女孩被抓个正着。

“哈哈！我捉住小偷了。”

“求求您，不要责罚我，也许我就是您的妹妹。”

“你是从哪儿来的？你叫什么名字？”

小弟弟认出了自己的妹妹，十分吃惊。他给妹妹多做了一盆汤，吃完后让妹妹藏起来。❶

哥哥们都回来了，小弟弟说：“唉！如果有一个女人给我们做饭，我们七个人就可以都去工作了。”

“说得真对。”哥哥们异口同声地说。

“我们的妹妹在这，吃掉我们汤的就是她啊。”

七兄弟看见这个小女孩生得又和气又漂亮，都很高兴，就对她说：“你留下来吧，给我们烧饭，洗衣服，纺纱。但你一定不要让火熄灭。如果火灭了，你就得去找邻居勃鲁狼，那么你要付出惨重的代价。”

小女孩寻到了哥哥，觉得很幸福。她勤恳地工作，

❶ 先是巧妙地陈述事件的发生，营造一种紧张的气氛，让读者捏一把汗。紧接着峰回路转，让读者松一口气。这种起承转合的运用增强了故事的可读性。

❷ 虽然只是简单的几句描写，我们仿佛看到了兄妹八人幸福生活的画面，给我们无限想象的空间。

渐渐地长成一个美貌的姑娘。❷

不过这几天，妹妹脸色苍白，人也瘦了。哥哥们不安起来，再三盘问妹妹。女孩这才说出了事情的原委。女孩弄灭了火，不得不向勃鲁狼要火，勃鲁狼的条件是每天都吮女孩一口血。

大哥哥说："好！明天我陪你一块儿去，你照着我的话做。"第二天，大哥哥带着斧头，和妹妹一起出去。

小姑娘说："我来送手指给你吮了，可我没有力气伸手进来了，请您把头从洞里探出来吧。"

勃鲁狼刚探出头来，"咔嚓"一声，大哥哥一斧头把勃鲁狼的头砍下来，带回去埋在花园里。

过了几天，在埋着狼头的地方生出一簇芬芳、灿烂的花来。

"这些是被勃鲁狼的头熏毒的花啊，千万不要碰它们。"哥哥提醒妹妹说。

那些花开得那样美，那样香，妹妹忍不住采了几朵，放在衣橱里，熏香哥哥们的衣服。哥哥们刚刚换上被熏香的白衬衫就变成了鸟，从烟囱旁边飞了出去。

小弟弟看见哥哥们都变成了鸟，想把穿上一半的衬衫脱下来。可是来不及了，他变成了一头牛，留在家里。

小姑娘非常懊丧，每天带着变成了牛的小哥哥到草地上和森林

里去吃草，过起了另一种生活。❶

有一天，国王到这里打猎，见到了小姑娘的美貌，惊奇万分。国王向她问道：“你只看一头牛吗？”

“是的，这是我的哥哥。”小姑娘向国王讲出了自己的身世。

国王愿意娶她为妻，于是小姑娘带着小牛哥哥来到王宫，做了王后。

可是，国王的姑母很不赞成这桩婚姻，因为她特别想把自己的女儿嫁给国王。如意算盘落空，她开始怨恨新王后，准备伺机谋害已有身孕的新王后。

这时，战争发生了。国王等不到孩子出生，就要带着军队出征。

国王对姑母说：“好好地照顾我的妻子。孩子生下来以后，派人给我报喜。”

王后产下一个漂亮的男孩。可是，恶毒的姑母派人报告国王说，王后生了一只大狗。

国王说：“把它投到枯井里去，不要再提这件事了。”

国王胜利归来，他很高兴能够再次见到自己的妻子。可是，在第二个孩子出生以前，国王又出去打仗了。王后又生了一个漂亮的男孩，恶毒的姑母派人去跟国王说王后生了一只狼。

国王说：“像上次那样把它投到井里去。”

可是，姑母叫人把孩子和可怜的母亲一起投到了井里。从这时起，那头牛站在井边一动不动，悲恸地低吼着，不再吃东西。❷

战争结束了，国王派人去宫中报告他回来的消息。姑母叫自己的女儿睡在王后的床上，用被头半掩着脸，使国王认不出来。

国王看见了她，说：“我的王后！你怎么变了样子啊？”

“你不在的时候，我受尽了痛苦啊！”

"你的声音也变啦！"

"我病了，没有说话的力气了。"

"告诉我，你要些什么？"

"我吃了井旁边的那头牛，病就会好的。"

"怎么？你想吃掉你的哥哥吗？你曾经要我答应你不要伤害他啊。"

假王后假装病得更厉害了，连气都喘不过来了。

"唉！如果吃不到那头牛，我就要死了。"

"好吧！既然这样，我就叫人杀死他。"国王对一个仆人说："约翰，你去宰杀那头牛。"

当约翰走近井边时，听见那头牛伏在井栏上悲哀地唱着：

"妹妹呀，亲爱的妹妹，

约翰走来啦！

他手里拿着尖刀，

想来刺我的心呐！

亲爱的妹妹！"

在井底里，一个声音回答说：

"哥哥呀，亲爱的哥哥，

国王答应我要好好待你。

好哥哥，我就在井里。"

约翰吓得哆嗦不停，回到国王面前，说："您去听听他说的什么吧。"

国王派了另一个仆人比爱尔去宰牛。那头牛又

❶女孩就这样失去了刚刚获得的幸福。七个哥哥只有一个哥哥陪在身边，让读者为她揪心，使读者迫切地想知道另一种生活会是怎样的生活。

❷通过神态、动作描写，表现了小牛哥哥的痛苦与无助，同时让我们对国王的姑母深恶痛绝。

唱道：

“妹妹呀，亲爱的妹妹，

比爱尔走来啦，

他手里拿着尖刀，

想来刺我的心呐！

亲爱的妹妹！”

比爱尔吓得牙齿格格发抖，掉头就跑。

“我不敢，我不敢。”他说。

国王说：“看来必须我亲自去了。”

他走近井边，亲自听见了那头牛低声吟唱：

“妹妹呀，亲爱的妹妹，

国王走来啦，

他手里拿着尖刀，

想来刺我的心呐！

亲爱的妹妹！”

国王听到井底里传来回答的声音：

“哥哥呀，亲爱的哥哥，

那天国王在森林里打猎，

答应我要好好待你。

好哥哥，我就在井里！”

国王感动了。他向他的仆人高声说：“有人在井里啊，赶快下去救啊！”

仆人们跳下了井。他们喊道：“我们找到一扇铁门，但我们打不开。”

国王亲自下去了。他的手指头在锁孔上一按，门就开了。在一个华丽的房间里，他看见他的妻子和他的两个孩子。由于仙女的保护，那两个孩子又漂亮又健壮。

国王带着王后和孩子们回到了地面，很是高兴。这时有六只鸟飞来躲在井栏上。忽然，那头牛和六只鸟都变成了人。原来那毒花的作用使他们必须做七年的禽兽，现在七年过去了，王后重新见到了自己的七个哥哥。除了姑母和她的女儿，所有的人都欢天喜地。国王的姑母和她的女儿都被赶出了王宫。

日积月累

千叮咛万嘱咐　阴森森　口干舌燥　蹒跚　狼吞虎咽　故伎重演　异口同声　懊丧　悲恸

延伸思考

1. 七兄弟为什么离家出走？最后都变成了什么？
2. 女孩和小牛哥哥在王宫经历了什么？为什么仆人都不敢杀小牛？

达摩克利斯之剑

名师导读

达摩克利斯是狄奥尼西奥斯的宠臣，他非常喜欢奉承狄奥尼西奥斯。狄奥尼西奥斯提议与他交换一下地位，达摩克利斯非常享受成为国王的感觉。当晚餐快结束的时候，达摩克利斯抬头注意到王位上方有一把仅用一根马鬃悬挂着的利剑。他立即失去了对美食和美女的兴趣，并请求国王放过他，他再也不想得到这样的幸运。“达摩克利斯之剑”比喻的是事物的两面性，一个人获取多少荣誉和地位，就要付出多少代价，承担多少风险。

从前有个国王名叫狄奥尼西奥斯。他统治着西西里最富庶的城市，他生活的宫殿十分美丽，里面有无数价值连城的珍宝。一大群的侍从随时恭候在他身边。

达摩克利斯是一个懂得阿谀奉承的人，经常在公共场合表达对国王的忠心。为了奉承国王，他说：“您真是太幸运了，拥有人类想要的一切——权力和威信，您是世界上最幸福的人。”

终于有一天，国王听腻了这样的话，对达摩克利斯说：“如果你喜欢王位，我们可以互换一下，看看你是否会感到幸福。”达摩克利斯激动地答应了。

侍从给达摩克利斯穿上精致绝美的王袍，戴上金光闪闪的王冠。他坐在宴会厅的桌旁，桌上美味佳肴、鲜花、美酒、稀有的香水应有尽有。达摩克利斯充分享受着一个国王的特权，那种君临天下的快感，让他觉得自己是世界上最幸福的人。

晚宴临近结束，达摩克利斯意犹未尽地躺在椅子上享受，猛然间抬头看到天花板上倒悬着一把极为锋利、寒光闪闪的宝剑，剑柄只有一根马鬃系着。如果利剑落下，他的脑袋会被利剑从上而下贯穿。达摩克利斯一瞬间回到了现实。他的身体立刻僵住了，笑容也消失了，脸色煞白，双手颤抖，对载歌载舞的美女和各种美味佳肴顿时失去了兴趣。达摩克利斯跑到国王面前，跪着央求道：“我再也不想做皇帝了。求求您，放我出宫吧。”❶

❶作者运用神态、动作描写，将达摩克利斯的胆战心惊刻画得淋漓尽致。这与前文尽享国王特权的场景形成鲜明的对比。这种强烈的反差让我们深深体会到：我们想要收获，就必须为此准备好更大的付出。

国王说：“怎么了？你是怕那把随时可能掉下来的宝剑吗？它一直悬挂在我的头上。我天天可以看见它。如果有人将那根细线斩断，我随时都会失去生命。”

国王像是自言自语，又像是对达摩克利斯说：“也许是哪个大臣垂涎我的权力要杀死我，也许有人制造谣言发动百姓来反对我，也许邻国的国王会突然派兵夺取我的王位，也许我的决策失误会使我不得不退位。如果你想做统治者，就必须得承担各种风险，风险永远伴随着权力。”

从此以后，达摩克利斯非常珍惜自己的生活。❷

❷国王的话告诉我们：我们不用羡慕别人拥有多少，而是要思考别人为此付出了多少。

日积月累

价值连城　阿谀奉承　金光闪闪　应有尽有　君临天下　意犹未尽

载歌载舞　美味佳肴

延伸思考

1. 达摩克利斯为什么不当国王，要逃离王宫？

2. 读完这个故事，你明白了什么？

地下城堡

名师导读

波塔齐是一个勇敢的牧羊人。他是唯一能从泽塔的城堡里逃出来的人。他拥有了用之不竭的金银珠宝，富富裕裕地度过了自己的后半生，但是他并不感到幸福。他情愿把珍宝全部退回去，把那只脚赎回来。这是怎么回事呢？到底发生了怎样扣人心弦的故事呢？一起来读读吧！

在车洛河附近的一座高山上，有一片城堡的废墟。坚固的城墙早已变成了断壁颓垣。据说真正的城堡被深深地埋在地下，这些废墟是大地把城堡、居民和财宝吞下去时，残留在地面的东一处西一处的望楼楼顶而已。

山坡上有一扇神奇的大门，这是通向地下城堡的入口。这扇门平时是看不到的。每当日食发生的时候，门就会在雷电之中突然打开。地下城堡里一堆堆的金银珠宝，就会闪烁着五颜六色的光芒。

碰到这样的机会，冒险家便壮着胆子走进去，在里面随心所欲地大吃大喝，肆无忌惮地装着各种宝贝。不过，要是哪个冒险家在日食即将过去之前没有走出门口，那就糟啦！他就再也看不见阳光，被永远埋葬在地下。有许多人进入过这扇神秘的门，但是到现在为止，只有一个名叫波塔齐的人逃了出来。事情是这样的：

这一天是供奉战神哈图尔的日子，也是发生日食的日子。勇敢的牧羊人波塔齐背着三个背包，跑到那扇神秘的门即将出现的地方等着。突然，天地间一片昏黑，鸟儿尖叫着惊惶得四处乱飞。在这一片恐怖的沉寂中，世间万物无声无息，似乎都僵死了。只有波塔齐仍旧站在门前，耐心地等待着，冷静地观察着这突如其来的变化。他决定拿生命作赌注：或者发财，或者死去。

突然，一阵电闪雷鸣震得大地抖动起来，瓢泼大雨从半空倾注下来，雷雨声中似乎夹杂着含混不清的乐声。大自然发疯一般地跳起舞来。它抬起了那休息了千百年的脚，踩在它所创造的生物上，连太阳也制止不了这种粗野的行为。❶

“当啷”一声巨响，沉重的青铜大门出现在牧羊人的眼前。牧羊人毫无惧色，迈开大步走进城堡。

城堡里，一群异教徒正在举行一种古老的祭祀。祭塔上燃着一大堆火，火堆上烧着向战神哈图尔敬供的一匹白马，牧师们正在虔诚地做着祷告。

一位须发雪白的高个子老人，穿着华丽的刺绣衣服，手里拿着一把出鞘的军刀，走上前来殷勤地欢迎这个陌生人。这位老人就是城堡的主人泽塔。他拥有至高无上的权力和无与伦比的威严。波塔齐彬彬有礼地向老人致敬，老人也友好地向他答礼。

泽塔把牧羊人领到一座灯火辉煌的大厅里，波塔齐顿时感到眼花缭乱，目不暇接。他走过几间这样华丽的大厅，渐渐地镇静下来。在最后一个小房间里，泽塔的两个女儿正在一幅很大的布上绣花。牧羊人勇

❶ 这是怎样恶劣的环境呀，却没有吓倒波塔齐，突出了他勇敢的性格特点。这也暗示着将会发生不平凡的事情。

❷ 人物神态描写生动传神，用寥寥数笔勾画出波塔齐看到美丽姑娘和金银珠宝时的惊异，使人物形象真实丰满，如在眼前；同时也反映出金银珠宝繁多。

❸ 泽塔小女儿的话，既是告诫波塔齐，也是警醒我们每一位读者。

❹ 运用环境的变化，切换故事的场景。

敢地向她们行礼。姑娘们嫣然一笑，站了起来。

“这是个勇敢的小伙子。”泽塔向她们介绍说，“他冒险到这里来，是为了一夜成为富翁。你们好好款待他。我们的珍宝他可以随便带走。”

两位美丽的姑娘把波塔齐领到一个大房间。黄澄澄的金子，白花花的银子，闪着五颜六色光芒的宝石、珍珠和翡翠……璀璨的光芒使得穷苦的牧羊人几乎睁不开眼睛。❷

“这些珍宝你能拿多少就拿多少。”泽塔的小女儿说，“但不要太贪心，如果等到鸡啼三遍你还在这里，那么就永远不能回去，只能跟我们住到死了。”❸

“你们认为，”勇敢的牧羊人问，“跟你们住在一起我会不快活吗？”

“唉，是的。”姐姐回答，“世界上的人跟我们住在一起是不幸的。拿着你的珍宝，赶快离开吧。有了这些钱，你就能过得愉快而幸福了。现在跟我们赴宴去，不过别忘记，听到雄鸡的啼声，你就应该回去了。”

两位姑娘亲切地拉着他的手，唱着歌，跳着舞，来到宴会大厅。

三个人进去后，酒宴就开始了。泽塔坐在首席，他微笑着，亲切地邀请牧羊人跟他的部下坐在一起。两位姑娘随着远处低低的歌声，配着竖琴和号角的音乐翩翩起舞。

忽然，在音乐声中冒出了一声尖叫“喔——喔——喔——”，这是第一声鸡啼。

舞蹈立刻停止，牧羊人的眼前仿佛降下大雾，越来越浓。刚刚还是离他很近的五光十色的一切，顷刻变得遥远而模糊了。❹

“快，快跑到宝藏室去！”两位姑娘连推带搡地把他拖进了宝藏室。牧羊人手忙脚乱地把珍宝往背包里装，两位姑娘也动手帮忙。三个背包很快就装得满满的。这时，大雾迷漫，他只能看到两位姑娘朦胧的影子了。

“快走，快走！”她们焦急地叫着，奋力地把他推向那扇铜门。“喔——喔——喔——”，雄鸡第二次啼叫了。

牧羊人背起珍宝就走，后面四只手用力地推着他。他心急如焚，但是脚下却不听使唤，三个沉重的背包压得他喘不过气来。这条路似乎比来时长了许多。他用尽全力向前迈着步子，终于从浓雾中看见了铜门。他抬起一脚迈过门槛。不料，一条金腰带掉了出来。正在他弯腰去拾的时候，传来了第三次鸡啼“喔——喔——喔——”。

他纵身一跃，大门就“当啷”一声关上了。波塔齐感到一阵钻心般的疼痛，昏了过去。

第二天早晨，他的弟兄们找到了他。他躺在血泊里，一只脚不见了。后来，他富富裕裕地度过了自己的后半生，但是他并不感到幸福。他情愿把珍宝全部退回去，把那只脚赎回来。

日积月累

断壁颓垣　随心所欲　肆无忌惮　无声无息　突如其来　毫无惧色
至高无上　无与伦比　彬彬有礼　灯火辉煌　眼花缭乱　目不暇接
翩翩起舞　连推带搡　心急如焚

延伸思考

1. 在什么时候城堡的大门才会打开？在里面会得到什么？
2. 泽塔的两个女儿嘱咐波塔齐什么？他这样做了吗？结果怎么样？

斯特拉策那拱门

名师导读

吉乌里相信了女巫的花言巧语，瞥了一眼施了魔法的画像，便跳出了魔法的圈子。而波斯凯为了心爱的人交出了小公主，不但牵连了地面上无辜的人们，还使仙人国遭受灭顶之灾。可见不顾大局而鲁莽行事的后果是多么可怕。顷刻间，原本和谐安稳、充满欢声笑语的仙人国，变得死一般沉寂。侏儒们全部神奇的工作成绩只留下斯特拉策那拱门。

在匈牙利北部，有许多终年积雪的高山。山中有一个隘口，名叫斯特拉策那。隘口一直通向阴森森的山谷。这里的山像是朝两边迸裂开的，奇形怪状的黑石块向四面八方飞散开来。悬崖上，一个城堡的废墟俯视着加拉姆河。河水湍急奔涌，好像要尽快离开这可怕的地方。

隘口上屹立着一座拱门——斯特拉策那拱门。它用粗糙的石头砌成，像位巨人一般，威风凛凛，神圣不可侵犯。关于这个拱门，流传着这样一个故事。

从前有一个侏儒国，国王和矮小的臣民住在斯特拉策那山的地下。他们把山谷变得非常富饶。树上一年四季结着美味的水果，大地到处盛开着艳丽的鲜花，河里流淌着牛奶和美酒，山上铺满耀眼的黄金和宝石。地面上的人们幸福地居住在这个山谷，他们与侏儒们和睦友好地相处。

后来，侏儒王要和一位美丽的仙女公主结婚了。在他动身去接新娘的时候，臣民们在进入国土的地方造了一座斯特拉策那拱门。这是一个非常大的建筑物。拱门四周装饰着花环和美丽的绿树枝，镶嵌着各种金银珠宝。❶

拱门筑好了。他们怀着深深的敬意和巨大的热情等待着国王和王后的到来。有几个侏儒爬到拱门顶上去，另外几个爬上高高的树枝，还有几个飞到猫头鹰的背上。午夜，远远的小山背后响起了银喇叭的声音。啊，国王和新王后终于来了。❷

在优美的乐曲旋律中，国王和王后的马车走来了。他们王冠上的宝石像星星一样闪闪发光，美丽的仙女新娘长长的面纱好像月亮下一片柔软的白云。侏儒们骑在唱歌的天鹅身上，仙人们骑着羽毛闪光的孔雀。

在侏儒们的欢呼声中，他们飞到这座神奇的拱门顶上。这时，山腰裂开，五颜六色的光芒射出来，地下的仙人之国出现了：小小的宫殿，美丽的花园，会微笑的金花和银花，嬉闹叽喳的小鸟，跳舞唱歌的小动物，还有各种颜色的喷水池发出银铃般的声响。❸

他们进了拱门，山就合拢了。除了西风温柔的叹息外，只有神秘拱门上的金银宝石在月光下默默地眨着眼睛。

国王和仙女公主的婚礼举行了七七四十九天，地上的人们也同样十分快乐。

婚后不久，年轻的王后生了一个美丽的金发公主。他们找了一个名叫波斯凯的农家姑娘照顾小公主。公主睡在柔软的绸垫子上，穿着美丽的镶花边的衣服，头上戴着小小的绿宝石王冠。诚实忠厚的波斯凯也常把公主放在一只金篮子里，带着她一家一家做客。小公主不论走到哪儿，都能给人们带来好运气。

地上的人和仙人们就这样愉快幸福地生活着。谁知，一个长着角的女巫，她也是侏儒最大的敌人，给人们带来了极大的烦恼和灾难！❹

一个月蚀的夜晚，女巫带着仆人骑着无头黑马到了荷拉克山。她们骑马绕山转了七次，用黑石头在山顶筑起一个堡垒住了下来。

独角女巫的到来引起了侏儒们的恐慌，他们警告自己的朋友——地面上的人禁止接受女巫的任何赠品。那些东西全是施了魔法的。侏儒们又沿着斯特拉策那山脚种了一圈有魔法的花，保护仙人国不受任何恶毒魔法的危害，阻止任何妖怪从它上面通过。

穷凶极恶的女巫见小仙人的聪明胜过了她，就叫仆人拿着很大的火扫帚，在附近跑来跑去。结果，所有的树和花被一扫而光，所有的井和溪流变得干涸，所有的鸟儿和小动物失去了生命，只剩下一片黑色的废墟和荷拉克山顶上女巫的堡垒。斯特拉策那村保留下来了。它好像是黑色沙漠中的一片绿洲，四周的荒凉景色更增添了它的美丽。❺

女巫一计不成又生一计。她用一件红斗篷伪装好自己，把鬓毛和角藏在金色的头巾里，命令十二个仆人——铁鼻、独眼、双头、三腿、裂唇、长牙、绿皮、狗耳、驴尾、鹰爪、蝙蝠翅和大胡子也化了装，最后又把无头马涂成蓝灰色，把城堡涂上粉红色。

这样他们不再显得可怕，反而使人觉得可笑。斯特拉策那的人们饶有兴趣地看着他们沿着施过魔法的圈子走着，怎么也进不了圈子。女巫灵机一动，装出一副伪善面孔，答应给人们各种奇妙的东西，企图哄

❶寥寥数语介绍了斯特拉策那拱门的来历。

❷“有几个”“另外几个”“还有几个”描写出了侏儒国臣民的顽皮与快乐。

❸通过侏儒王迎娶仙女公主隆重而热闹的场面描写，可以看出臣民对侏儒王和王后的爱戴，臣民的生活和谐幸福。

❹这是怎样的一场灾难呢？此处的描写激起读者阅读的兴趣，自然引出下文。

❺与前文仙人国的鸟语花香形成鲜明的对比，突出了女巫邪恶的特点，让人更生出厌恶之情。

骗人们把花拔掉。但是人们却不上当，只是嘲笑他们。

波斯凯的爱人吉乌里是一个聪明可爱的小伙子。他总是挖空心思想出各种计策使女巫们不得安宁，有时候把女巫们作弄得几乎要发疯了。

女巫看见波斯凯抱着仙后的孩子出来，尖声怪气地大喊大叫，来回奔跑着，伸出长长的爪子，好像要把这孩子从波斯凯怀里抓出来撕碎似的。波斯凯也不示弱，她站在施了魔法的圈子里，嘲笑她们是枉费心机。❶

女巫酝酿了很久，终于又想出一条诡计。她变得对吉乌里十分友好，百般巴结他，尽量使他欢喜。这个吉乌里呀，有时都要忘记侏儒们的警告，跑出魔法的圈子。

有一天，吉乌里孤单单一个人坐在那里发呆。女巫看机会来了，走到他面前，对他说："愚蠢的家伙啊！那些可笑的小侏儒，对你们真正的幸福是有妨碍的。你们祖祖辈辈住在村庄里，一点儿也不知道外面的世界有多么精彩。对啦，吉乌里，有一个美丽的仙女王爱上了你。如果你不和她结婚，她会心碎的。"

吉乌里知道这是女巫的诡计，笑笑拒绝说："请你告诉美丽的仙女王，我已经同波斯凯订婚了。我认为她很好，很美丽。"

"哦，"女巫说，"等你看过了这张美丽的画像就不会拒绝了。"于是她扔过去一张施过七次魔法的画像。

❶ 此处对女巫的动作描写十分典型，为她们贴上了形象的标签，更引发读者对女巫的深恶痛绝之情。

❷ 形象、生动的神态描写，突出了女巫魔法的威力，为下文捉住吉乌里埋下伏笔。

❸ 作者以生动的语言描绘了吉乌里被捉的情景，渲染了悲剧色彩。

吉乌里不屑地把它拾起来，轻蔑地朝画像瞥了一眼。不料，他的脸色突然变得煞白，两眼直勾勾地盯在画像上，心怦怦跳得几乎不能呼吸——他着迷了。❷

女巫看到了魔画的作用，幸灾乐祸地冷笑着说：“好吧，吉乌里，我告诉仙女王，说你不愿意跟她结婚。世界上没有人能胜过波斯凯，那个侏儒公主的保姆。”

“等一等，等一等，亲爱的女巫！”愚蠢的少年已经爱上了画中的女王，急忙拦住女巫，“我发誓，我爱这个仙女王胜过爱我的爱人。她在哪？我怎么才能见到她？”

人们以为吉乌里又在捉弄女巫，一齐围过来看热闹。可是，他们看见吉乌里跑出魔法圈子，落入了残忍的妖怪手中。人们这才明白过来，立刻感到十分惊讶和恐慌。

女巫把吉乌里骗入她布置的圈套里，就像蜘蛛捕捉疏忽大意的苍蝇一样。她和一群喽啰得意忘形，哇哇乱叫着，把可怜的少年绑在一块又高又尖的岩石上。❸

吉乌里这才知道上了女巫的当，后悔莫及，用尽全身力气大声喊道：“救命呀——救命呀！”

波斯凯是真正爱吉乌里的。她听到呼声，痛苦极了，恳求女巫说：“只要把吉乌里放了，我愿意拿任何东西报答你。”

狡猾的女巫早就盘算好了，立即回答说：“很简单，只要把仙女王后的婴儿交出来，就可以放掉吉乌里。”

为了救吉乌里，可怜的保姆把篮子里的金发小公主抛到魔法圈子外面去了。当小侏儒赶到出事地点时，女巫的魔爪已经接住了金篮子。他们来不及救小公主了。

刹那间，侏儒们吓得不知所措，呆呆地站在那里。没有任何力量能阻止女巫进入受保护的区域。美丽的山谷中，所有的树木和鲜花都渐渐枯萎，就连魔花也凋谢了，所有的生物都没能逃脱掉这场灭顶之灾，到处变得死一般的荒寂。侏儒们也不见了。仙人国的国王和王后因为失去了心爱的公主而非常悲伤，从这里迁走了。女巫在彻底破坏了这个地方以后，也走了。

至今，荷拉克山上还残存着城堡的废墟，侏儒们全部神奇的工作成绩只留下斯特拉策那拱门。

日积月累

奇形怪状　威风凛凛　神圣不可侵犯　穷凶极恶　一扫而光　干涸

一计不成又生一计　枉费心机　幸灾乐祸　得意忘形　后悔莫及　不知所措

灭顶之灾

延伸思考

1. 斯特拉策那拱门是谁修建的？是为什么修建的？

2. 侏儒王如何防止女巫魔法的危害？最后为什么留下了一片废墟？

贝乌丹湖上的女巫

名师导读

贝乌丹湖上女巫的魔咒让安娜奇丑无比。安娜遭到大家的欺侮和嘲笑。一串珊瑚珠改变了安娜的容颜，也改变了她的人生。浮华的梦想在成真的那一刻，带来的却是伤痛。当现实的斧头挥进稚嫩的人生时，生命不见得升华，最珍贵的东西却已失去。安娜追梦的同时，也付出了惨重的代价。在她跳入湖中的那一刻，所有的一切终成过去。

在神秘的森林里，有一个叫贝乌丹的湖，湖中心的小岛上住着一个长头发的女巫。

湖水波翻浪涌，女巫的笑声在远处的湖边都能听见。每次听到女巫的笑声，渔民们就说："女巫在贝乌丹湖里洗头发呢。"于是他们就不下湖，不撒网。

有一天，维松村的一个农民生了第十二个女儿。习俗规定，需要找一个外人做新生孩子的教父或教母，但是村子里的人都已经是他家孩子的教父和教母了。农民只好跑到大路上，希望找个过路人给女儿当教母。

就在那条通向湖的路上，农民看见了女巫。他远远地避开了，因为他不想请女巫当教母。女巫生气了，她抖着珊瑚串，喊道："我有礼品给你女儿，如果你不请我当教母，你女儿不会幸福的！"农民没有理会女巫，找其他人当了教母，并为女儿取名安娜。

女巫历来说话算数。安娜长得很丑，是村里最丑的姑娘。大家都欺负她、嘲笑她，没有人愿意同她交朋友。❶

安娜开始躲避自己的同龄人。她经常逃进森林里，坐在小溪旁或者湖边，看着自己映在水中奇丑无比的脸发呆。

有一天，当安娜坐在森林里痛哭流涕的时候，突然听见女巫说话的声音："安娜，你是很丑。谁见到你都会厌恶，你使他们想起了我。你瞧，女人见到我面色惨白，男人见到我口吐白沫，我让奶牛不下奶，令渔民们把渔网搅乱，把喝醉酒的人引入迷途。但是我对你从来没有干过坏事。既然别人都说你是我的女儿，我就要送你一份礼物。你把这串珊瑚珠拿去，挂在脖子上，再到溪水里照照。"安娜把珊瑚串挂在脖子上，往溪水里一照，不禁惊讶地叫道："天哪！我看见一个漂亮的姑娘，这是我吗？"

“当然是你，这个美丽的姑娘就是我的女儿。但是你要记住，不能把珊瑚串从脖子上摘下来。如果摘下来，你就会变成原来的样子，所有的人都会离你而去。回村子里去，尝尝幸福的滋味吧。”❷

安娜走后，女巫又自言自语地嘟哝起来。

“你不会长久地享受幸福，也不会给任何人带来幸福。”

安娜沿着湖边往家里走，一步一停，不断地往明镜般的湖水里瞧。

回到家，姐姐们看见了她，立刻把她围了起来，一个劲地赞美：“你的头发真美！你的眼睛也美！”姐姐们羡慕地摸着她脖子上的珊瑚串。

“你从哪儿弄来的，安娜？”姐姐们问。

安娜微笑着，对姐姐们说：“我到森林里的小溪边去，那儿长着花楸树。我朝花楸树鞠躬，它就给了我一个珊瑚串。”

于是，姑娘们一齐奔向森林，去寻找小溪和花楸树。她们找到了小溪，找到了花楸树。她们折断花楸树枝，摘下红通通的花楸果，串成串，挂在自己的脖子上。

花楸树是美的，花楸果也是美的，但是没有人能比得上安娜的美丽。她的头发像金子般闪光，她的眼睛像湖水一样深邃，她的嘴唇像花楸果一样鲜红。❸

一天，安娜坐在屋前的凳子上，姑娘们在她周围

❶ 通过写大家都欺负她、嘲笑她，从侧面反映出安娜的丑陋。

❷ 女巫和安娜的对话为故事的发展埋下了伏笔。

❸ 三个比喻句，不但写出了安娜无与伦比的美，而且增强了文章的韵律感和节奏感。与前文描写的安娜奇丑无比的外貌形成鲜明的对比，拥有这样美艳外表的安娜是否会得到幸福呢？

围成一圈。小伙子们也在附近看着安娜，长吁短叹。安娜坐在湖岸上，解开辫子，松开长长的头发，微笑着，久久陷入沉思。❶

其他人走后，女巫来了。她帮安娜编好发辫，警告说："你是不能恋爱的，我的女儿。我很同情你，可这也是没有办法的事。"

"为什么？如果我爱上了谁怎么办呀？"安娜问。她心里想到了英俊的埃雷克。当她还是个丑姑娘的时候，埃雷克就请她跳过舞。他是唯一一个没有嫌弃她的人。

"你会毁了他，也毁了自己。"女巫回答。

虽然女巫警告安娜不能够谈恋爱，但埃雷克每天都围着安娜转，盯着她的眼睛说："嫁给我吧，安娜，你要什么我都能办到。"

安娜跑去找女巫，问道："我怎么办？我不想让他伤心，他对我一向很好。求您发发善心，帮帮我吧。"

女巫想了想，朝魔镜里看了看。

"如果他能把贝乌丹湖里最漂亮的贝壳拿给你，你就可以成为他的妻子。"

安娜穿过森林回家。她采了鲜花插在头上。鸟儿啁啾，松鼠从一棵树上跳到另一棵树上。但是安娜心里不快活。❷

安娜终于下定决心，对埃雷克说："你倘若能从湖里拿来最美的贝壳，我就能成为你的妻子。"

❶ 安娜因为漂亮的外表而获得了极大的关注，这也是以貌取人的社会的真实写照。

❷ 虽然安娜获得了前所未有的幸福生活，但她心里却不快乐。她想要得到爱情，一份属于自己的爱情。

❸ 安娜内心的独白，全是不确定的疑问句。那深深的不安，焦灼的等待，给这个故事增添了悲戚的气氛。

❹ 安娜最终还是逃不出内心的煎熬，选择救出埃雷克兄弟俩。

埃雷克毫不犹豫，纵身跳入了水中。

安娜等待着，维松的姑娘们也等待着。黄昏过去了，夜晚也过去了，可是埃雷克没有回来。

“哥哥不会回来了，湖里的贝乌丹王不会放了他的。你嫁给我吧，我去湖里把最美的贝壳拿来。”埃雷克的弟弟说。

安娜等待着，维松的姑娘们也等待着。黄昏过去了，夜晚也过去了，可是埃雷克的弟弟也没有回来。

安娜坐在湖岸上，虽然她可怜那兄弟俩，可她怎么也哭不出来。她用手摸摸珊瑚珠，脑子里产生了自我安慰的想法：这世上小伙子还少吗？

只要她一摘下珊瑚串，她的心便充满了无限的忧伤：可怜的埃雷克！可怜的埃雷克的弟弟！贝乌丹王不会把他们放出来了，他们不会再回到村子里。即使他们俩都回来，我又怎样报答他们两个呢？ ❸

这时埃雷克的母亲来到湖边，数落着哭道：“你太狠心了，你夺走了我两个儿子。我只有他们两个，还指望他们养老呢。”

于是，安娜又后悔起来，她闷闷不乐地回到家里。

过了一天，两天，三天，一个星期。贝乌丹王仍然不肯放了埃雷克兄弟。

一个月明星稀的晚上，水湾里芦苇丛中，风儿止息了，水平如镜。安娜跑到湖边，向贝乌丹王哀求：“贝乌丹王，求你放了埃雷克兄弟，你命令我干什么都行。”

这天是满月。在这样的晚上，所有的请求贝乌丹王都能听见。于是他对安娜说：“你是比王后更漂亮的姑娘，湖底的一切财宝，都是你的。你来做我的王后吧，安娜！”

“只要你放回埃雷克和他弟弟，我就做你的王后。” ❹

贝乌丹王立即放回了英俊的两兄弟。两人都带回了最美的贝壳站在安娜面前。

“你从我们两个当中挑一个吧。”

安娜望着两人，一筹莫展。她跑进森林，到小溪旁去找女巫。“我该怎么办，给我出出主意吧！他们俩都爱我，我也爱他们，可是我又答应嫁给贝乌丹王了。”

“我的女儿，你只要把珊瑚串扔给贝乌丹王，站到兄弟俩面前，谁首先冲你微笑，你就嫁给谁。”女巫微笑着说。

安娜把珊瑚串扔进了湖中，湖水翻腾，巨浪滔滔。芦苇丛中传出了女巫的笑声。

安娜站到了兄弟俩面前，两人同时把脸扭到了一边。

“你不是我的安娜，”哥哥说，“我的安娜眼睛像星星一样明亮。”

“你也不是我的安娜，”弟弟说，“我的安娜嘴唇像花楸果一样鲜艳。”❶

安娜低着头，看向湖水，自己的珊瑚串正躺在湖底。

“你的珊瑚串在这儿，安娜，”贝乌丹王引诱她说，“来，把它拿去，你又将变回那个美丽的姑娘。”

安娜跳入了汹涌的湖水之中。❷

从此湖上经常能听到安娜伤心的哭泣和女巫刺耳的笑声。

❶ 安娜恢复了原来的模样，做回最初的自己。而埃雷克兄弟俩的表现让我们懂得：越是美丽的梦，破灭时就越显得凄凉、悲哀。

❷ 安娜跳进汹涌的湖水之中，她用实际行动弥补自己的过失。

那时渔民们便不下湖捕鱼，不撒网。他们说：“听呀！贪心的姑娘又在哭了，女巫又在洗她的长头发呢。”

日积月累

波翻浪涌　痛哭流涕　面色惨白　口吐白沫　毫不犹豫　闷闷不乐　月明星稀　水平如镜　一筹莫展　巨浪滔滔

延伸思考

1. 贝乌丹湖上的女巫送给安娜什么礼物？得到礼物后安娜有什么变化？
2. 为了安娜，埃雷克兄弟是怎么做的？最后结局怎样？

国王和才女

名师导读

因国王让路人剥去石头的一层皮，一位塞凯伊人的女儿挺身而出，连连揭开马加什国王无理问题——种榛子树、做女子帽、到王宫见国王的答案，最终与国王幸福地生活在一起。故事展示给我们一个有勇有谋的女孩形象，让我们不由得被她的胆识和智慧所折服。但是，她帮助穷人后，惹得国王大怒，让她马上离开王宫。她能让国王回心转意，继续留在王宫吗？

马加什国王❶有一个忠实的仆人。一天，国王派他到大路旁守着一块大石头，并对他说："凡是过路的，都叫他剥去石头的一层皮。告诉他这是国王的命令，违抗者罚。"

仆人来到公路旁，叫住路过的每一个人。路人都无可奈何地耸耸肩，说："哎，石头怎么能剥去一层皮呢？"

这时，一个塞凯伊人和他的女儿从这儿经过。仆人马上叫住他们，让他们也去剥石头的皮。塞凯伊人毫无办法。姑娘对父亲说："父亲，上布达去见国王，让他先给石头放血，我们再剥皮！"

塞凯伊人去见国王。他把女儿的话告诉国王后，国王说："这是怎么回事，你怎么会知道我得先给石头放血呢？你真是一个狡猾的家伙！"❷

塞凯伊人如实告诉了国王。国王听完，交给他两个榛子和一袋钱，说："把这些榛子交给你女儿，让她种在不会长榛树的地方。等榛子长大了，你再来见我。”

塞凯伊人回家把榛子交给女儿，女儿马上把榛壳砸开，吃掉了里面的果仁。可怜的塞凯伊人叹口气说：“瞧！国王会叫你吃苦头的！”

过了一段时间，姑娘对父亲说：“父亲，上布达去见国王，告诉他榛子长熟了。”说着，她碰了碰自己的两个乳头。

听完塞凯伊人的口信，马加什国王便交给他两杆麻和一袋钱，要他的女儿用这两杆麻给王宫里所有的女子做帽子。塞凯伊人拿着两杆麻回到家，交给女儿，说：“哎呀！国王又要你吃苦头啦！”

女儿却从院子里捡起两片刨花，说：“父亲，把这两片刨花拿去给国王，告诉他先用它们做成织布机、线轴和梭子，我就能做一大堆女帽。”❸

塞凯伊人再次上布达。国王看到刨花，说：“你女儿果真聪明，让她来见我吧。不过，她来的时候，既不能在路上走，也不能放着路不走；既不能穿衣服，也不能光着身子；她带来的礼物不能是礼物；她问候我的也不该是问候。如果她是个漂亮的姑娘，我一定娶她做妻子。”

姑娘得知国王的口信后，马上捉来一只麻雀当礼物。父亲有一张大鱼网，她用网裹着自己的身子。父亲还有一头大毛驴，她抓住驴尾巴，小心翼翼踩着驴的脚印走。

❶ 胡尼亚迪·马加什，著名的匈牙利国王。他14岁当上国王，在位30余年，甚有政绩，深受人民拥护。关于他的许多传说至今仍在民间流传。

❷ 简单的句子构成段落，段落错落有致，给人一种轻松明快的感觉，强调了说话的内容。

❸ 几处对塞凯伊人女儿的语言描写，鲜明地展示了她的聪明与勇敢，突出了人物的性格特点。

就这样，当她被领去见国王时，她微微行了一个屈膝礼，指给国王看看她的礼物，就把麻雀放走了。她是那么漂亮，国王见了，不住地亲吻她，拉着她的手，让她做他的新娘。❶

不久，马加什国王同塞凯伊人的女儿举行了既排场又欢快的婚礼。婚礼当天，连多瑙河水也变成了醇香的美酒。新婚宴尔，他们过着幸福的生活。

有一天，在布达城堡的集市上，一个穷人的母马在另一个人的大车下面生了一头小马驹。穷人发现后，想把小马驹从车下拖出来。可大车的主人不肯，说小马驹是大车生的。

他们找马加什国王评理。国王断定，既然小马驹生在大车下，那么它就是大车生的。国王指鹿为马的裁决，让穷人伤心极了！他决定去找聪明的王后，向她诉说自己的不幸。❷

“噢，你这可怜的人！的确值得同情！”王后接着说，“你快去弄一张

渔网和一根木棍，在沙地上下网，然后把网绳拴在木棍上，装着捕鱼的样子。”

穷人照王后的吩咐去做了。不久，国王从穷人那里经过，看见他的举动，便把他召去臭骂一顿，说：“你这个愚蠢的家伙，竟然在沙地里捕鱼。”

穷人说：“沙地里是没有鱼，可大车的肚子里也不会有小马驹呀！”

“噢，你这讨厌的家伙！”国王生气地说，“我知道，是王后教你的。不过，不管怎么样，把你的小马驹还给你。”

国王气愤地回到王宫，告诉王后：“你必须在天黑之前离开城堡。”

王后说：“我这就走，不过，请你允许我带走一件我最心爱的东西。”

“我很乐意赐给你一件你最心爱的宝物。”国王说。

就这样，王后离开了。当天夜里，她领着四个仆人溜进国王的卧室，叫仆人一人抓住一个被角，把国王抬到她刚迁进去、而且关得很严实的房子里。❸

第二天早晨，马加什国王醒来，几乎看不到窗外的景物，便大声嚷嚷：“天哪！我这是在哪儿呀？”

王后回答说：“尊贵的陛下，我带走的最心爱之物正是您本人。”

听完这话，国王深情地亲吻他的王后。从此以后，他们一直相亲相爱地生活在一起。

❶ 每一次，塞凯伊人的女儿都化险为夷，国王被她的聪慧与美貌征服。

❷ 马加什国王的判决显示了他的愚蠢和自以为是，为后文埋下了伏笔。

❸ 故事不断发生变化，情节一波三折，深深吸引了读者的注意力。

日积月累

无可奈何　毫无办法　狡猾　小心翼翼　醇香　新婚宴尔　指鹿为马

延伸思考

1. 故事中记叙了塞凯伊人女儿的几件事？给你印象最深的是哪一件？能说说为什么吗？
2. 塞凯伊人的女儿帮助穷人之后，马加什国王生气了，塞凯伊人的女儿是如何化解矛盾的？

聪明的牧羊人

名师导读

小牧羊人因为自己的调皮，受到永远长不大的魔咒。后来他凭借众人的帮助，运用自己的聪明才智找到了美女巴尔加利娜。很快，他长成了一个英俊的小伙子，迎娶了美女巴尔加利娜。我们从这个故事中吸取到的教训是：做事时，不可耍一些小聪明，而是要使用大智慧。

从前，有个爱惹是生非的小牧羊人。在放羊的路上，他看见一个农妇头上顶着一篓鸡蛋，就扔过去一块石头，把鸡蛋全打碎了。可怜的农妇气愤极了，冲着他大喊："我咒你永远长不大，除非你能找到住在三只会唱歌的苹果里的美女巴尔加利娜!"

从那时起，小牧羊人就变得又瘦又小。妈妈照顾得越好，他就变得越瘦弱。妈妈问他："你怎么了？是不是做了什么缺德事？"他哭泣着告诉妈妈事情的经过。

妈妈说："孩子，既然这样，你只好去寻找美女巴尔加利娜了。"

牧羊人上了路。他走到一座桥上，一个小美人正在核桃壳里荡秋千。

"你是谁呀？"

"是朋友。我正在寻找美女巴尔加利娜，她在三只会唱歌的苹果里。您知道吗？"

"不知道，不过我送给你一块石头，以后会帮你很大忙的。"

牧羊人走到另一座桥上，又有一个小美人在鸡蛋壳里洗澡。

“你是谁呀？”

“是朋友。我正在寻找美女巴尔加利娜，她在三只会唱歌的苹果里。您有她的消息吗？”

“不知道，不过我送你一把象牙梳子，以后会帮你很大的忙。”

牧羊人经过一条水流湍急的小溪，看见一个人正在往袋子里装雾气，就走过去问他巴尔加利娜的消息。这个人说他什么也不知道，但是送给他一袋雾，说以后会帮他很大的忙。❶

牧羊人经过一个磨坊，磨坊主狐狸说：“我知道美女巴尔加利娜。你一直往前走，看见一个屋子就进去，屋里有一个带着许多小铃铛的水晶鸟笼，鸟笼里有很多会唱歌的苹果。不过，你拿鸟笼的时候要小心。那里的老太婆，睁眼的时候是睡觉，闭眼的时候是醒着。”

牧羊人来到小屋，老太婆双眼闭着，对他说：“小伙子，看看我的头上是不是有虱子。”

牧羊人边捉虱子边帮老太婆按摩，她慢慢睁开了眼睛。小伙子迅速抱起水晶鸟笼就跑，鸟笼上的小铃铛惊醒了老太婆。她马上派一百匹快马去追，眼看要追上了，牧羊人抛出那块石头。石头马上变成一座满是岩石和沟壑的大山，那些马都在山上摔断了腿。

老太婆又派出两百匹快马。牧羊人又要被赶上了，

❶“以后会帮你很大的忙”三次间隔出现，构成间隔反复，加深了读者的印象，为下文埋下了绝妙的伏笔。

❷故事情节一波三折，一波未平一波又起，跌宕起伏，激起了读者的阅读兴趣。

就把那只象牙梳子抛了出去。梳子立即变成了一座光滑的大山，那些马都失蹄滑了下去，摔死了。

老太婆再次派出三百匹马。牧羊人放出了那袋雾，那些马在昏暗中迷失了方向。

牧羊人来到一口井旁，觉得很渴，就从鸟笼里拿出一个苹果要切开。这时，他听到一个柔细的声音说：“慢慢地切吧，要不就会伤着我。”于是，牧羊人慢慢地切开苹果，吃了一半，另一半变成了一个娇小玲珑的美女。

“我就是美女巴尔加利娜，”她说，“我饿极了，你去给我找一块米糕吧。”

牧羊人把姑娘放在井盖上，就去给她找米糕了。

这时，一个丑陋的女仆来这里打水。女仆看见小姑娘站在井盖上，嫉妒她的美丽，气呼呼地把她扔进了井里。❷

牧羊人回来后发现美女巴尔加利娜不见了，伤心极了。

后来妈妈去世了，瘦弱的牧羊人一个人生活。每天天一亮他就出去放

羊，晚上才回家。突然有一天，他发现早上丢下的脏盘子脏碗都被洗得干干净净，是谁给他洗的呢？他偷偷藏在门后等待这个人。一个很小很小的漂亮姑娘从柴堆里出来，为他刷锅洗碗、扫地铺床。

牧羊人跳出来说：“你是谁？你是怎么进来的？”

“我是美女巴尔加利娜，”姑娘说，“就是你那半个苹果变成的。丑奴把我扔进了井里，我变成一条鱼。后来，我又变成了鱼刺被扔出窗外。在窗外我变成一棵树的种子，长啊长啊长成了一棵大树，又被你劈成了柴火。每天，我等你出去，就变回美女巴尔加利娜。”

找回美女巴尔加利娜后，小牧羊人就开始长啊长啊，美女巴尔加利娜也跟他一起长。很快，小牧羊人长成了一个英俊的小伙子，举行盛大的婚宴，迎娶了美女巴尔加利娜。

日积月累

惹是生非　又瘦又小　水流湍急　沟壑　娇小玲珑　嫉妒

延伸思考

1. 牧羊人为什么会又瘦又小，而且一直长不大？
2. 牧羊人是怎样找到美女巴尔加利娜的？

聪明的织布工

名师导读

中国有句古话："人不可貌相，海水不可斗量。"如果只凭借外表和身份去判断一个人的才能，那就有失水准了，毕竟内在的东西是需要用心，而不是靠眼睛去感受的。每个人都有自己的特长，我们不能小瞧任何人。有一个故事就告诉我们这样的道理。你知道织布工的故事吗？今天就让我们走进这个故事。

从前，有一个小国。它的邻国特别强大，总想用武力征服它。一天，小国的国王正坐在高高的宝座上接见大臣，突然一个卫兵进来通报，说邻国使者来了。国王赶紧让卫兵把使者请进来。使者手拿宝剑，傲慢地走到国王身边，绕着国王的宝座走了一圈，就垂手站在旁边，一句话也不说。

这是什么意思呢？国王对使者的举动感到莫名其妙。他把大臣们召集到一个房间里，问："你们谁能破解这个哑谜？"大臣们面面相觑，谁也猜不出来。国王感到很羞愧，大喊："一群废物！"于是，他下了一道严厉的命令："如果天黑之前找不到一个具有才智的人，就把你们都处死。"大臣们吓得脸都白了，立刻出发去寻找具有聪明才智的人。

大臣们走出王宫后，挨家挨户地向人们请教，可是谁也没有得到答案。有一位幸运的大臣，他看见一座房子，便走了进去。发现一个婴儿躺在摇篮里，家里连个人影都没有，而摇篮自动地摆来摆去。他登上屋顶，屋顶上晾晒着洗得干干净净的黍子。黍子旁边插着一根芦苇。虽然没有一丝风，芦苇却前后左右来回地晃动着，驱赶飞来的麻雀。真奇怪，大臣想着，便从屋顶上下来走进另一间屋子。一个织布工坐在房间里，面前有一台织布机。织布工的手没有放在织布机上，只是操纵着几根线。一根线绑在梭心的一端，第二根线绑在另一端，第三根线则绑在梳篦上。

原来是这几根线让摇篮和芦苇摇动着。这名织布工看起来普普通通，但委实是个具有聪明才智的人啊！

大臣走到织布工跟前，向他讲述了事情的原委。大臣说："我们一起去见国王吧，如果你能猜出这个哑谜，国王定有重赏。"织布工考虑了一会儿，答应了大臣的请求。他站起来，走到窗外，抓住一只公鸡，装上两只羊拐子，就和大臣一起出发了。

他们来到王宫。别的大臣都垂头丧气地回来了，国王愁眉苦脸地坐在宝座上，而使者趾高气扬地坐在那里，还是一声不吭。织布工走到使者身边，从衣兜里掏出两只羊拐子，扔在他面前。使者站起来，从衣兜里掏出一把黄米，撒在地面上。织布工微微一笑，把那只公鸡放出来，公鸡很快就把黄米吃光了。使者见此情景，像斗败的公鸡，低着头，穿上自己的外衣就走了。❶

国王看到织布工猜到了使者的哑谜，高兴极了，说："我一定要重赏你！你能讲讲这是什么意思吗？"

❶众多大臣都无法解决的哑谜被织布工破解了，他的一系列举动代表什么意思呢？他是如何让使者灰溜溜地逃走的？作者设下悬念，紧紧抓住了读者的眼球。

❷通过织布工对猜哑谜过程的叙述，让我们看到了一个聪明绝顶的人。

❸织布工的话直指故事的主旨：不能以外貌和身份去衡量一个人的内在，去判断一个人的好坏高低。我们不应该随意看轻任何人，因为每个人身上都有可取之处，值得我们去学习。

"此人的来意，是说他们要派兵包围我们的国家，向我们宣战。他问国王是投降还是抵抗。我用两只羊拐子——意思是，你们，还有孩子们，大家一起玩羊拐子游戏吧。在那里我们可以和你们争个高低。他把黄米撒在地面上，表示他们派出的军队不计其数。我把公鸡放出来吃光了黄米——意思是，我们的人可以消灭你们的全部军队。使者就这样败走了。我想他们不会向我们宣战的。"织布工胸有成竹地回答说。❷

国王高兴地点点头，说："你救了我们的国家，也维护了我的尊严，荣誉和金钱都将属于你。"国王赏给织布工无数的财宝，并任命他为宰相。织布工说："我只想要城外的一小块地，这就是我的全部要求。"

临走时，织布工对国王说："陛下请您记住，在您的侍从当中并不缺少比大臣还要聪明的人。织布工和鞋匠虽然是普通人，但他们都各有各的才能和智慧。"❸

日积月累

莫名其妙　面面相觑　干干净净　垂头丧气　愁眉苦脸　趾高气扬　一声不吭　不计其数

延伸思考

1. 邻国使者做了什么让国王和大臣们都束手无策？
2. 织布工是怎样破解邻国使者的哑谜的？由此你懂得了什么道理？

巨人和裁缝

名师导读

巨人和小裁缝之间会发生怎样的故事呢？原来一个没有真本事的小裁缝，在森林中遇到了巨人，给巨人当仆人却不安分守己，故作聪明、故弄玄虚，使得巨人心生恐惧。巨人让小裁缝爬上柳树去压弯树枝，结果树枝反弹把他抛到九霄云外了。这个幽默风趣的故事告诉我们做人要实事求是，不要说大话，对于自己不擅长的事情，不能故弄玄虚、不懂装懂，否则不会有好的下场。

很久很久以前，有一个爱吹牛的裁缝。他没有真才实学，却想靠着吹牛的本事周游世界。有一天，他心血来潮，想到森林里去走走，就离开了裁缝店。“出门溜达溜达去呀，过了小桥又走小路呀，一会儿向东来一会儿向西去，只管一直向前走。”裁缝愉快地哼着歌，不知不觉就来到了野外。他发现远处的天空下有一座非常陡峭的山，山的后面耸立着一座很高的塔，而塔的下面是一片茂密的森林。❶

“天哪！”裁缝惊叫道，“那是什么？”他决定去弄个究竟，于是兴致勃勃地向山那边走去。走着走着，他发现那座塔有腿。那塔只轻轻一跃，就跳过了那座陡峭的山，变成了一个力大无比的巨人，几步就来到了他的面前。裁缝吓得目瞪口呆，一下子坐在了地上。❷

“你在这儿干什么？小东西。”巨人问道。他说话声如洪钟，更像万钧雷霆。

裁缝的双腿不停地抖着，哀号道："我不过随便看看，想在森林里找点活干。"

"那太好了，我正想找个人来干活呢，你就到我这里来吧。"巨人说。

裁缝不知道怎样才能摆脱这个巨人，心想：我先答应吧，以后有机会我再逃走。于是，他对巨人说："如果这样，我能得到多少报酬呢？"

巨人说："我不会亏待你的。我们按一年三百六十五天计算。如果是闰年，就再加一天，怎么样？"

"好啊！就这么办吧。"裁缝说。

巨人带着裁缝来到了森林深处，他对裁缝说："小东西，我现在口渴了，给我打桶水来。"

裁缝爱吹牛的毛病又犯了，他对巨人说："我把井和泉水一起搬过来吧？"说完便拿着水桶去打水了。❸

"为什么要把井和泉水一起搬来呢？"巨人摸着胡子叫道，"这是个什么家伙，是不是魔鬼的化身呀，我可要当心他。"巨人开始害怕起来。

裁缝把水打来后，巨人又吩咐他到森林里去砍柴。"为什么不一起把整个森林砍回来，把那些大树、小树通通砍倒呢？"裁缝说完就去砍树了。

"他这是在说什么呀？整个森林？大树、小树一起砍？"巨人听得更是一头雾水，弄不明白裁缝在说些什么，更加害怕起来。"他一定有什么来头，说不定真是魔鬼的化身呢，不能再让他做我的仆人了。"❹

❶ 交代了裁缝爱吹牛的特点，为下文裁缝的故弄玄虚做好铺垫。

❷ 以裁缝为陪衬，用对比、夸张的手法突出巨人的高大。

❸ 巨人让裁缝去打水，裁缝自吹自擂，让我们看到了一个爱说大话、狂妄自大的小裁缝。

❹ 两次对巨人的心理活动进行生动的刻画，使读者能够看到其真实的内心世界，一个轻信、武断的形象就这样产生了。

等裁缝砍树回来，巨人又命令他去打几头野猪来做晚餐。“打野猪？为什么不一枪打死一千头，一下子全带回来呢？”傲慢的裁缝问道。

“什么？”胆小的巨人满心恐惧，连忙叫住了裁缝，“回来吧，今晚就算了，咱们躺下休息吧！”

胆小的巨人吓坏了，整夜不能入睡，一直在想怎样才能除掉这可怕的仆人。过了很长一段时间，他总算有了主意。

第二天早晨，巨人和裁缝一起走进一片沼泽地，沼泽的周围长满了高大的柳树。巨人说：“听着，小东西，你赶快爬上一棵柳树，坐在枝头上，让我看看你能不能把它压弯。”说时迟，那时快，裁缝已经坐到柳树上了。他用了很大的力气才把树枝压了下去。裁缝想，要是我在兜里装几块石头，或者带着熨衣服的铁熨斗该多好呀。就在他稍稍松口气的时候，树枝一下反弹回来，把他弹到了九霄云外，再也看不见了。

巨人高兴极了，他再也看不见这个让他头疼的小仆人了。我们最后也不知道那个爱吹牛的裁缝掉下来没有，说不定他现在还在空中飘荡着呢。

日积月累

真才实学　心血来潮　不知不觉　兴致勃勃　声如洪钟　万钧雷霆　一头雾水　九霄云外

延伸思考

1. 巨人要裁缝去砍树，裁缝说了什么话，让巨人害怕起来？
2. 读完文章，你觉得裁缝会从空中落下来吗？如果落下来会怎么样呢？如果裁缝没有死，他会怎么想呢？

要听谎言的公主

名师导读

一个公主有个奇怪的想法。谁能用谎言使她生气，并且使她说出这是在撒谎，谁就可以迎娶她。一个聪明的小伙娓娓道来一个荒唐的故事，公主便嫁给了他。能让公主认输的谎言是怎样的呢？让我们快来读一读故事吧。读后你会有怎样的感受呢？

从前有一个漂亮的小公主，她有一个奇怪的想法。谁能用谎言使她生气，并且使她说出这是在撒谎，谁就可以迎娶她。

宠爱小公主的国王和王后在全国宣布了这个决定。从那以后，来到王宫编造谎言的人就和天上的飞鸟一样多。但是所有的谎言都空洞无物，公主只是回答“这可能是真的”，这些人都垂头丧气地离开了。

一位佃农的儿子听说了这件事情，暗自思忖：“如果一个人因为不会撒谎而使公主失望，那可真该死！”

他以前从没干过这种事，正因为如此，他才觉得胸有成竹。就这样，他来到王宫。公主非常和善，邀请他一起在花园里散步。他们一边散步一边开始聊起来。

“你的父母是什么样的人？”公主问。

“我的父亲是个很呆板的人。我的母亲是个勤劳的人，每天像老黄牛一样干活。他们共有三个孩子，第一个孩子没有生下来，第二个夭折在肚子里，第三个就是我。”他回答说。

“这可能是真的，”公主说，“可是，你看看我父亲的白菜多好啊！”

“噢，那不值一提，还是来看看我父亲的白菜吧。十五个骑士躲在一片白菜叶子下面避雨，我在叶子上扎了个洞，结果他们都被洪水冲走了。”他说。

“是的，这件事很有可能，”她说，“你觉得我父亲的新牲口棚怎么样？”

“不错，牲口棚很大。不过，我的父亲建造了一个特别高的牲口棚。盖房顶的工人掉了一把斧头，斧头落地之前，一只喜鹊竟来得及筑巢、下蛋、孵小鸟，还能把小鸟放在斧头眼里。牲口棚更是长极了，如果母牛来到公牛那里，小牛犊已经生出来了。”

“是的，这也有可能。但是，你看我父亲的牛！”公主说。

“我相信你父亲的牛一定很多很多，但是我父亲的牛不计其数。如果想把这些牛产的奶做成干酪，必须在一个干涸了的湖里搅奶。”

“但是你怎么让牛奶变成凝乳状呢？”她问。

“我们自有办法。把小牛皱胃的内膜捆在马腿上，然后把马从牛奶里拉出来。”他说。

“啊哈，然后怎么办呢？”公主打破砂锅问到底。

“别着急，听我慢慢讲来。我们有一匹老母马，把它放出来在干酪周围踩。一天，母马趁机在干酪里生了一个小马驹，小马驹跌跌跄跄地从干酪硬皮里走了出来。我悠闲地走了进去。这时我看见一个穿着赤杨木裤子的人，他正站在那里剁小树枝。两个车轮子还在那里互相玩球。过了一会儿，我碰见一个人拿着几条鱼。我把干酪皮给他，他有礼貌地把鱼送给我作为酬谢。迎面又走来一个背稻草的人。我把鱼换成了稻草，坐在稻草堆上，看着纺线的太阳，看绕线的月亮，还有采摘燕麦的桑恩克特·佩尔（神话人物）。我看到了所有我想看的东西，就从桑恩克特·佩尔那里抓了一把糠，拧成一根绳子下来。可是绳子不够长。怎么办呢？我随手在背上一挠，结果抓到了一只虱子。我把它的皮割成一条一条的，再做成一根绳子。后来绳子又用完了，我在背上又抓了只虱子，最后，我背上已经没有虱子了。我实在没有办法了，只有松开手脚。突然，我掉在了离地面十五丈高的一个狗窝里。你的父亲和我的父亲坐在那里一边喝酒一边划拳，还兴高采烈地比赛放屁。你父亲输了，他向我父亲借钱……”

“纯属撒谎！”公主非常生气地咆哮道。

“是的，这是谎言。”佃农的儿子平静地回答。

这时，公主意识到自己输了，慢慢恢复了平静，把手递给了他。他赢得了她，这是一个真正会撒谎的狂徒。

国王和王后如约为他们举行了盛大的婚礼。但是我去晚了，未能参加那个婚礼。

日积月累

空洞无物　暗自思忖　胸有成竹　打破砂锅问到底　跌跌跄跄　兴高采烈

延伸思考

1. 公主这个奇怪的想法是什么？

2. 你能说说公主都问小伙子哪些方面的问题了吗？最后结果怎样？

王子和三个妹夫

名师导读

杨科，本是年轻的王子，却经历了无穷无尽的灾难。在看望分别嫁给太阳神、月亮神和风神的三个妹妹的旅途中，他爱上了美丽的乌利安娜。而此时苦难才刚刚开始。他与恶龙、老巫婆展开了殊死战斗。随着故事的一波三折，几位主人公的性格特征也愈发凸显。他们都有极强的个性，给读者留下了深刻的印象。这个故事在带给读者精彩的阅读体验之外，还引发了人们对人性善恶的思考。

有一个国王和王后，他们有三个女儿和一个儿子。有一天，国王和王后去巡视王国，叮嘱儿子好好照看三个妹妹，儿子爽快地答应了。

第二天中午时分，有人敲着窗户喊道："杨科，杨科，年轻的王子，把你的大妹妹嫁给我做妻子吧！"这是太阳神。王子说："我要征求一下妹妹的意见。"他叫来大妹妹，问："妹妹，你想出嫁吗？"

"当然想啦！"妹妹回答说。"那就走吧！"杨科边说边把她领到窗旁，两手抱起她，从窗口交到太阳神手里。太阳神和大妹妹坐着太阳车回家了。

傍晚时分，杨科把二妹妹嫁给了风神，他们乘着风的翅膀回家了。夜里月亮神求婚成功，拉着小公主的手，沿着银桥走了。

国王和王后回到宫里，没有见到三个女儿，便问："儿子，你的三个妹妹都在哪儿呀？"

“我把她们三个全嫁出去了。”杨科回答说。

“我的上帝！”国王和王后都惊叫起来，“你把她们嫁给谁了？”

“大妹妹嫁给了太阳神，二妹妹嫁给了风神，小妹妹嫁给了月亮神。”

“她们都嫁给了这么荣耀的国王，太好了！”国王赞许地点点头。只是王后心里有点儿难受，没能亲手为女儿们操办婚礼。❶

❶“荣耀”一词，点明了三个神显赫的地位，为后来杨科的屡次求助成功做好铺垫。

过了一段时间，王子对国王说：“父亲，我想去探望一下妹妹，好知道他们生活得怎么样。”“既然这样，我支持你，你也可以了解世界，增长见识。祝你一路顺风，亲爱的儿子！”国王说。

杨科经过长途跋涉，来到一块大草坪上。草坪里尽是白乎乎的死人骨头。

“什么恶魔这么残忍呀？”杨科拾起一个头盖骨，自言自语。

“是大力士女郎，美丽的乌利安娜！”头盖骨回答说。

“她为什么杀你们呀？”

“我们的国王想娶她为妻，可又征服不了她，结果她用宝剑把国王和我们都杀了。”

杨科放下头盖骨，继续赶路。在一块大草坪上，他又看到满地的人骨头，还有一具具像木头块似的尸体。一具尸体喃喃地说：“大力士女郎，美丽的乌利安娜杀了我们。我们的国王想娶她为妻，可是没能征服她。”

“美丽的乌利安娜住在哪儿？”

“在大盆地的大理石宫堡里。”死者回答完就闭上了眼睛。

杨科穿过大盆地，看见大理石宫堡耸立在面前。他大胆地走进去，来到一间房子里。房中不见一个人影，一把宝剑挂在墙上，还不时地从剑鞘里跳出来。杨科抽出那把沉重的剑，把它插进自己的剑鞘里，然后把自己的剑挂在墙上。这时，美丽的乌利安娜走进了大厅。

她问道：“你为什么来这里？”

“我是来和你搏斗的！”杨科回答说。

“既然这么勇敢，那咱们就斗一场吧！”大力士女郎嚷道。她跳到墙边，拔出剑来，向杨科冲去。杨科拔出原本属于乌利安娜的那把剑，轻轻一挥，就把乌利安娜的剑挑得飞出很远。

“我甘拜下风，”美丽的乌利安娜说，“你就留在我这儿吧！”乌利安娜不知道她的剑已被杨科换下，很中意杨科，把他留在了宫中。

杨科和乌利安娜在一起幸福地生活着，忘记了探望妹妹们的事。有一天，乌利安娜对他说：“亲爱的，我要去办一件事，很快就会回来。这是十二间房子的钥匙，你可以随便进出。就是别到第十三间房子里去，否则你我都要遭大难。”乌利安娜走后，杨科像丢了魂似的，愁眉苦脸地从这间房走到那间房。第三天，百无聊赖的杨科想起了第十三间房子。他好奇心重，拿起钥匙，打开了第十三间房子的门，看见里面躺着一条捆了三道铁圈的龙。❶

❶越是禁止的越有吸引力，这一设计激起了所有人的好奇心。

“谁把你锁在这里？”杨科问道。

“求你大发慈悲，先从桶里舀一点儿葡萄酒给我，我快渴死啦！”善良的杨科给它端来了一杯葡萄酒。恶龙刚喝下那杯酒，它身上的铁圈便掉下来一个。

“你能再给我一杯酒吗？”恶龙对杨科说。杨科刚满足它的这个愿望，第二个铁圈就掉了。恶龙说：“喝完第三杯酒，我就把一切告诉你。”杨科傻傻地什么也没想，就给了它第三杯酒，恶龙身上的第三个铁圈也掉了下来。就在这一刹那乌利安娜走了进来。恶龙哈哈大笑，一把抓住了她。还没等杨科醒悟过来，恶龙就带着乌利安娜消失得无影无踪了。这时杨科才明白，上了恶龙的当。他痛哭着，埋怨着，可是一切都白费力气。❷

❷杨科心存善良，不明事实释放了恶龙，引火烧身，为后面的遭遇埋下了祸根。

杨科离开宫堡，马不停蹄地踏上去妹夫太阳神家的路，暗自期望着能打听到点什么。太阳神和妹妹非常高兴地接待了他，向他询问父亲和母亲的情况。杨科问及乌利安娜的情况，太阳神对她一无所知，让杨科去问他的弟弟——月亮神。

月亮神也没见过乌利安娜，让他最好是问问风神，他对每个角落都很熟悉。杨科稍微喘了口气，又上路找妹夫去了。

❶ 杨科屡屡遇到困难，救出乌利安娜之路如此艰辛，让读者不禁为他担心。

杨科在半路上遇见了风神，他把自己的不幸又讲述了一遍。“我知道，”风神说，“恶龙把她关在火宫里，美丽的乌利安娜从早到晚为它干活，一辈子用开水为它洗洗涮涮。”风神妹夫给杨科准备一匹马，马儿把他带到了恶龙的火宫。

❷ 杨科需要牧放三天马，接下来的情节按照第一天、第二天、第三天的顺序，依次展开叙述，逻辑清晰，井然有序。

乌利安娜正在井旁洗衣服。杨科高兴得嚷了起来。他跳下马，一把将乌利安娜拽上马背，带着她扬鞭就跑。

恶龙刚刚吃完午饭，正在休息，突然听到它的马不停地嘶鸣和磨蹄子，嚷道：“你干吗要打扰我？”“美丽的乌利安娜跑啦！”马儿回答说。恶龙像挨了一颗子弹似的跳了起来，可是马上又镇定下来说：“放心吧，我们能追得上。”

恶龙睡了一个钟头的觉，又抽了一个钟头的烟，然后才坐上它的快马。这马一开跑，风驰电掣，没多久就追上了杨科。

恶龙一把夺过美丽的乌利安娜，说：“我本可以把你撕成碎片，但你放了我，我饶你一次。如果再敢跟我捣乱，我就要了你的命！”没等杨科说话，它就带着乌利安娜消失了。杨科哭着回到妹夫们那里，求他们出主意。

“亲爱的兄弟，”风神说，“你要想救出美丽的乌利安娜，得有一匹跑得更快的马，否则你永远也逃不出它的魔爪。”

“我到哪儿去找这样一匹马呢？”杨科说着直叹气。❶

“有一个丑八怪老巫婆，她喂着和恶龙的快马同胎生出来的马。不过去那里的人都事败身亡。”“我一定要去试试！”杨科坚决地说。太阳神给了他一根金棍，月亮神给了他一根银棍，风神给他一根空心棍。风神载着他越山过岭，漂洋渡海，来到丑八怪老巫婆的院子前。杨科进了院子门，看见老巫婆正在院子里坐着。

“你到这儿找什么？”老巫婆大吼了一声。

“想找点活儿干。”杨科回答说。

“你会放马吗？”老巫婆边问边用恶毒的目光从头到脚地打量他。

“怎么不会呢？我会！”杨科回答说。

“那就留在这儿干活吧。你将为我牧放三匹漂亮的马。三天之后，你要什么就能得到什么。可要是马跑了，我就要你的脑袋。”老巫婆说得斩钉截铁。❷

第一天早上，老巫婆把三匹骏马牵到院子里。这三匹马实际是她的三个女儿。

杨科赶着马儿朝牧场走去，心想，老巫婆为什么说马会跑呢？没过多久，三匹怪马都变成鸽子飞上了天。“这真是一些了不起的马呀，让魔鬼去放牧你们吧！”杨科悲伤地说，傻呆呆地望着鸽子在空中飞翔。

突然，他想起了自己的妹夫，立刻将空心棍插在地上。风神马上出现在他的面前，问道：“有什么请求，兄弟？”

“这鬼老太婆，她让我牧放三匹马，可刚到牧场它们就都变成了鸽子。

你瞧，它们在那儿！”杨科边说边指着飞在天上的三只鸽子。

“这事好办！”风神交给杨科三个马笼头，“等它们一飞下来，你就用三个马笼头套住它们。”风神说完就消失不见了。突然刮起了大风，鸽子的翅膀已经虚弱无力，大风逼得它们降到地面。杨科立即用马笼头盖住它们，三只鸽子重又变成了三匹马，再也不离开它们的牧人了。傍晚，杨科把它们送到巫婆跟前，巫婆十分惊奇，但什么也没说。

第二天早上，她又把三匹马牵到院子里，叫杨科带到牧场上去。刚到牧场，它们变成了三只野鸭子飞到湖中心去了。杨科毫不迟疑，立即把银棍插到地上。月亮神马上出现在他面前，问道：“需要我做什么，兄弟？”

“这老太婆真可恶，让我去放三匹马。可你瞧，它们在那儿！”杨科指着湖上的野鸭说。

“别担心，我把它们赶过来。”月亮神走到湖边，扔出一条长长的大围巾，把湖里的水全吸走了。杨科跑了过去，用马笼头套住它们。顿时三只野鸭又变成了马，不再离开牧人。傍晚时分，杨科把马儿赶回了家。老巫婆比前一天更加惊讶，但是一个字也没说，装作很满意的样子。

第三天早上，杨科好奇地等着新花样。马群刚一到牧场，就变成了三棵又高又大的松树。杨科没有迟疑，立刻将金棍插到地上。太阳神马上出现在面前，问：“需要我帮什么忙，兄弟？”

“真该咒死这老巫婆！她让我来放牧三匹马，可是它们都变成了松树。你瞧，在这儿哩！”

“我能弄得动它们啊！你等一等！”太阳神说，“等你回到家里，老巫婆就会问你想要什么作报酬，你就说要在垃圾堆里打滚的那匹老马。”太阳神说完，用大火焚烧这三棵松树。顿时针叶脱落，树皮爆裂。它们实在无法忍受，又变成三匹马。晚上，老巫婆见小伙子又把三匹马牵回了家，气得要死，可她强忍着，不露声色地说：“你干得不错。现在我想酬谢你，你想要什么？”

“你把在垃圾堆里打滚的那匹马给我吧！”

“这是匹没用的马，连老母鸡都拿它的马衣当鸡窝。我给你一匹配有金鞍子的好马吧！”

“我只需要在哪儿都能打滚的普通马，别的什么都不要。”

“不过在你牵走它之前，先替我把三匹母马的奶挤了。”老巫婆不怀好意地盯着杨科说。❶

老巫婆扮了一下鬼脸，出去牵母马了。垃圾堆里骨瘦如柴的老马和杨科说起了悄悄话。老巫婆牵来三匹母马，让杨科先挤奶，然后在马奶中洗个澡。“我一定洗！”他回答说，表示愿意一切照办，“可是得让那匹可怜的瘦马守在我身旁，我想一洗完澡就骑上它。”

“这没问题，你把它叫来好啦！”老巫婆又扮了一下鬼脸。

“喂，老马啊，请到我这儿来！”杨科喊着瘦马。瘦马一瘸一拐地，仿佛弱得快要走不了路啦。它一直走到杨科跟前，站到奶桶旁边。

杨科刚一跳进奶桶，马奶开始沸腾起来。瘦马立即把头伸进桶里，一口气把桶里的热量全部吸掉了。马奶凉了，杨科舒舒服服地洗了个澡，比原来更加英俊。老巫婆暗自想：“我也下去洗个澡，变年轻些，好让杨科做我的丈夫。”老巫婆跳进了奶桶。这时，瘦马

❶语言和神态描写，使得老巫婆丑恶的面孔就在眼前，同时暗示着杨科还将面临新的困难。

走过去，又把头伸进桶里，将原来吸入的热量全部呼了出来。马奶立即沸腾起来，老巫婆被烫死在桶里。杨科毫不迟疑，骑着马跑出了院子。

他们走到一条小溪旁。杨科把瘦马牵到溪中，将它洗得干干净净。它的鬃毛像金子般闪闪发光。它一甩头，周围光芒四射。杨科为它的美丽惊呼起来。

杨科把马衣浸到溪里，等再捞出来时，整件马衣都是用金丝珠宝编织成的。

杨科骑着骏马直奔恶龙宫院而去。美丽的乌利安娜正在井边用开水洗衣服。杨科跳下马来到她的跟前，握着她的手说："来吧，美丽的乌利安娜，这回恶龙追不上咱们了，我要把你救出来！"乌利安娜有些犹豫，说："恶龙抓住我们，会把你撕成碎片的。快逃跑吧，亲爱的，别管我了！"杨科把乌利安娜抱到马背上。

这时，恶龙的快马嗅出了异常的情况。它又是嘶鸣，又是踢脚，弄得

惊天动地的。“你干吗吵醒我？”恶龙对它吼道。

“王子杨科已经把乌利安娜带走了！”

“我还可以睡一个钟头的觉，抽一个钟头的烟，然后一样能追上他们。”恶龙喊道。

“这回是我的兄弟驮着他们，它比我跑得还要快哩！”恶龙听了猛地跳起来，坐上神马去追杨科。

恶龙的神马使尽了全身的力气，直朝它兄弟追去，不久就看到了杨科一行的踪影。恶龙心情很坏，气得咬牙切齿，一个劲儿地抽打它的马，催它更快地追赶。这时，神马弟弟对哥哥说：“别再追赶弟弟了！把恶龙甩掉，同我们一道走吧！”恶龙的马一听这话，身子一抖，把恶龙抛进了万丈深渊。它和弟弟走在一起，驮着杨科和乌利安娜朝着他们的宫堡走去。

王宫内已挂起了黑色的丧布，国王没有想到还能见到自己的儿子。可是，杨科竟然带着他的新娘子回来了！整个王国一片欢腾。国王连忙叫人取下黑布，挂上喜气洋洋的红布，举行了盛大的宴会。老国王正式宣布立杨科为国王，从此人民过着安乐太平的日子。

日积月累

甘拜下风　百无聊赖　无影无踪　马不停蹄　不露声色　骨瘦如柴　一无所知
风驰电掣　斩钉截铁　不怀好意　咬牙切齿　万丈深渊

延伸思考

1. 杨科是怎样把恶龙放出来的？你想对他说些什么？
2. 说说太阳神、月亮神和风神都是怎么帮助杨科的？

神奇的雕像

名师导读

皮格马利翁是古希腊闻名的大雕刻家。他从不雕刻女子，决定永不结婚。他用神奇的技艺雕刻了一座象牙美少女像后，把全部的精力、全部的热情、全部的爱恋都给予了这座雕像。他像对待自己的妻子那样抚爱她，装扮她，并向神乞求让她成为自己的妻子。爱神阿佛洛狄忒赐予雕像生命，并让他们结为夫妻。这个故事从侧面向人们传达了“期待和赞美能产生奇迹”这一理念。

皮格马利翁是塞浦路斯的青年雕刻家。他身怀雕刻绝技——雕个英雄，英雄气宇轩昂，浑身充满浩然正气，放在哪里，哪里就盗贼绝迹；刻头骏马，骏马也似乎四蹄生风，昂首嘶鸣。因此他的雕刻技艺远近闻名。❶

可是皮格马利翁却有一个奇怪的毛病，就是他决不雕刻女人。原来，他出生后不久，就被母亲抛弃，他一直和自己的石匠父亲相依为命。而他的初恋情人也抛弃了他，与一个富人结婚了。所以，他决心终身不娶，投身于雕刻事业。

有一天，他做了一个奇怪的梦，梦中出现了一个女人。之后，这个女人的身影就在他的脑海里挥之不去。他很厌弃自己这个想法，于是就用雕刻工作来排解这个巨大的烦恼。❷

他选择了一块象牙，决定雕刻一个肌肉结实的抛掷铁饼的男人。一开始他不能专心工作，但随着刻刀在象牙上滑动，他一会儿就平静下来了。

人物的头像出来了。就在他准备雕刻眼睛的时候，他一下子看见了那双梦中含情脉脉的眼睛。猛然间，他发现自己手中雕刻的竟然是一个女人像。

他疑惑了很久，又仔细端详了许久，发现这个女人可能就是他梦中见到的女人。皮格马利翁想，这一定是神灵的意思。他抛开了成见，顺着记忆继续雕刻下去，一尊婀娜多姿的少女雕像站在了皮格马利翁的面前。❸

她的身体微向前探着，阳光从窗口照射在她的身上。她仿佛带着体温，俨然是个活生生的少女，只是出于礼貌才屏息伫立。天啊，皮格马利翁感叹道：太美了，世上一切女人都望尘莫及。❹

皮格马利翁那颗久已麻木的心又开始砰砰跳动了，他爱上了这个雕像。他抚爱它，连吃饭的时候也爱不释手。他送给她各种少女喜爱的礼物——色彩鲜艳的贝壳、光滑的卵石、小鸟、姹紫嫣红的鲜花、珠子和琥珀。他给她买来五颜六色的衣服，戴上宝石戒指，挂上项链。他为她穿上美丽的长袍，更加衬托出她的自然姿色。他与她同床共枕，温柔地称她为妻子，并给她起了名字叫加拉提。❺

这一天是爱神的节日，全塞浦路斯城都集会庆祝。人们从四面八方赶到神庙里，祭献上自己的供品，跪倒在女神面前。神坛上摆满了供奉的祭品，空气中香烟缭绕。皮格马利翁破例参加了今年的庆典仪式。人

❶对皮格马利翁雕刻技艺的描写，为下文做好铺垫。

❷利用梦境推动故事情节的发展，从皮格马利翁的梦境中，可以感觉到故事情节即将发生转变。

❸曾经的阴影让皮格马利翁内心充满了矛盾，可是，爱情的力量战胜了一切。他决心完成自己的雕刻作品，并对此充满憧憬。

❹通过比喻和对皮格马利翁反应的描写，间接描绘了雕像的姿容绝美。

❺皮格马利翁已经爱上了雕像。此处运用排比的句式来表达他的心情，文辞虽不华丽，但足以让人感受到他浓厚而炽热的情感。

群散了之后，他偷偷来到圣坛前，吞吞吐吐而又害羞地祝祷:“万能的神啊！我祈求你们，赐我一个妻子，如同象牙雕塑一样美丽的妻子吧！”当然，他只是含蓄地表达了自己的意思。

爱神阿佛洛狄忒莅临庆典。皮格马利翁那曲折的心理，自然也逃脱不了爱神的法眼。于是女神显示了吉兆，圣坛上的火焰跳了三次，发出三次耀眼的光芒。

回到家后，皮格马利翁一如既往地看望雕像。他俯下身，习惯性地吻了一下卧在榻上的人像。这嘴怎么是暖暖的呢？他奇怪地忍不住又吻了一下，并伸手去摸雕像的胳臂。更大的奇迹发生了。那胳膊软绵绵的，像是伊米托斯山脉的蜂蜜蜡。他难以置信，一次又一次满怀喜悦地用手去触碰寄托自己一生希望的人像。

那雕像真的活起来了！她的脸颊慢慢地呈现出血色。她怯生生地睁开眼睛，双眸闪出了清透的光芒。这个时候，这位阿佛洛狄忒的信徒才想起来，该向女神表达衷心的谢意。

有情人终成眷属！他们婚后生了帕福斯，而专门供奉阿佛洛狄忒的这座城也随着取了这个名字。

日积月累

气宇轩昂　浩然正气　盗贼绝迹　四蹄生风　昂首嘶鸣　远近闻名

挥之不去　含情脉脉　婀娜多姿　俨然　屏息伫立　望尘莫及　爱不释手

姹紫嫣红　五颜六色　四面八方　香烟缭绕　吞吞吐吐　难以置信

延伸思考

1. 皮格马利翁为什么决定终身不娶？

2. 皮格马利翁是怎样逐渐爱上自己的雕像的？这说明了什么？

骄傲受到了惩罚

名师导读

这是一个爱与心灵蜕变的故事。作者用朴实简明的语言娓娓叙述，简单的情节暗示着大大的做人道理，让人读起来意味深长，耐人寻味。骄傲的公主盛气凌人，不把任何人放在眼里，米罗斯拉夫国王用计使公主受到了惩罚。好在公主能够及时反思自己的问题，学会用宽容的心态对待一切人和事，拥有了和蔼可亲和善良的品性。

年轻的米罗斯拉夫国王想娶个王后。在众多公主和女公爵的画像中，他对其中一位公主一见倾心。因此，许多画家被请来给国王画像，以便送给这位公主，正式向她求婚。

画家们聚集之后，国王对他们说：“尊敬的大师们，我请大家每人给我画一张像，但希望不要美化我。画像比我实际的长相更难看些，我会高兴的。”

“陛下，我们何须美化您呢？”艺术家们说，“如果能把您真实的样子画下来，我们就十分高兴了。”

画家们兴致勃勃地投入创作。在短短的时间内，已经有几幅国王的画像摆在大厅里。国王和大臣们前来观看，准备挑选一幅最合适的画像。

“陛下，”一位大臣说，“您的长相胜过所有这些画像，他们没有把您的面容画得逼真。”

“我倒认为，我的实际长相要是比画像漂亮些，公主不会生气的。”

国王就按照这个标准挑了一张不太喜欢的画像，让人装进嵌着宝石的金框里，派出最优秀的侍从带着聘礼去向美丽的公主求婚。国王怀着难以形容的迫切心情等待着，终于等到使者们返回来了。可是他们一个个愁眉苦脸，满面怒容。

“陛下，”使者们来到国王面前说，“我们受到了前所未有的侮辱，我们简直害怕向您如实说出来。”

“不管是什么话，你们只管说好了。”

“那里的国王对我们很客气，摆宴相迎。听说您愿意娶美美公主为妻，全宫里的人都很高兴。第二天我们去给公主请安。谁也没敢挨一下她的手，只敢吻一下她的袍下襟。她瞥了一眼您的画像，说这个国王给她扎鞋带都不够格！我们感觉受到奇耻大辱，热血涨红了脸。老国王劝我们不要把她说的话转过来，说他也多次受女儿的羞辱，说女儿能变好，应该能答应这门亲事。可是我们却认为这样的王后不能成为子民们的真正母亲，我们一气之下离开了那儿。”❶

“这是最明智的做法，我非常满意。其他的事交给我来办吧！”国王气得满脸通红，愤怒地回答说。他冥思苦想，终于找到了一条可行的办法。他找来一位心腹老臣，把自己的想法透露给这唯一的人，得到了老臣的赞许。

❶ 作者没有直接让公主出场，而是通过侍从的语言让我们感受她的骄傲。这种写法增加悬念，让读者欲罢不能。

❷ 虽然只写了公主同情穷人，为他们布施，却足以表现出她的善良本性。

❸ “这是她从来没有遇到过的胆大行为”再次说明了公主高傲的性格。而通过对公主神态、动作的描写，为故事的发展做了感情铺垫。

第二天，国王把国事托付给大臣们，把宫堡交给那位老臣管理。第三天，国王离开王宫，在边界处，他把所有随从打发回宫，独自一人带着衣物和钱财继续往前走。

一个美丽的春日，美如天仙的公主在花园散步。她驻足在花前凝思着，善良的心飞向了王宫外，贫苦的穷人还需要她的布施。她的思想如同雄鹰的翅膀，恨不得高高翱翔直奔太阳。虽然父亲警告她过分的骄傲将要受到上帝的惩罚，可她还是认定自己的未婚夫必须集美貌、高贵气度、艺术才华与渊博的学识于一身。❷

这时，父亲走进花园，对她说："女儿，我收了一个年轻人当花园总管。可我觉得他有些大材小用。他不但通晓园艺，而且懂得文学、艺术、音乐，简直使我吃惊。我非常高兴把他留在王宫。你的意见如何？"

"我没有意见。父亲，我想你一定做对了，因为这样有才能的人在王宫里像珠宝一样珍贵。如果他擅长音乐，可以教我弹竖琴。我很怀念已故的音乐老师，快去把他叫来吧！"

公主回到宫里不久，米罗斯拉夫走了进来。

"公主，臣向您致以深深的敬意，等待您的吩咐。"米罗斯拉夫说着低头跪在公主脚下，吻着她昂贵的袍襟，同时窥视了一眼公主。这是她从来没有遇到过的胆大行为。骄傲的公主脸红了，两眼直盯着刚从花园里摘下的玫瑰。这即将开放的花蕾编织了一张甜美的网，网前站着一位手持张弦之弓的恶神，弓上之箭浸上了最毒的毒汁。美美公主正看着玫瑰花的时候，恶神放了一箭。公主心中感到了一阵痛楚，什么药也无法医治。❸

"你叫什么名字？"过了一会儿，她和蔼地问。

"米罗斯拉夫。"他回答说。

"米罗斯拉夫，父亲说你擅长音乐。如果你能接替我已故音乐教师的工作，帮我学完竖琴，我十分感激。”

“我如果能够胜任，留下为公主效劳，这将是我一大幸事。”

“其他的事让父亲跟你说吧。”公主说着手一挥，示意陌生人已可离去。美美公主站在那里久久不动，她脑海里仿佛有个诱人的声音在耳语，有种优美的音乐在哼唱。她心里火辣辣的，仿佛度过许多漫长的黑夜之后第一次见到太阳，每一个角落都洒满阳光，她心灵的大门被打开了。

一阵脚步声打断了她的思路，国王来了。

“女儿，”他问道，“你愿意让米罗斯拉夫当你的老师吗？”

“是的，我向他提出了这个建议，我正在考虑什么时候开始上课。”

“那随你的便吧，只是一提到米罗斯拉夫这个名字，我就联想起曾经向你求婚的米罗斯拉夫国王。我每天都提心吊胆，担心他受不住你的侮辱，会派兵来攻打我们。女儿呀女儿，你可真犯了个大错误！”

“别烦我啦，父亲！我不会选那个国王当女婿的，我还是坚持自己的意见。”

国王沉思片刻，生着气走开了。第二天一切平息下来，音乐课已经开始。

米罗斯拉夫是一位热心的老师，美美公主是一位专心的学生。她裹缠着骄傲内心的冰冷外表也一天天变得温和起来。侍女们常常悄悄耳语着：“公主究竟怎么了？以前谁也不敢碰她的手，可米罗斯拉夫告别时吻她的手也毫不介意。”

爱情征服了骄傲的公主。她来到花园里，总是带着几分傲气同花园总管打个招呼。除了米罗斯拉夫准备的长凳和芬芳四溢的凉亭外，她哪儿也不肯坐。她会和米罗斯拉夫耍小性子：不愿对他的殷勤说几句感谢的话；上课情绪突然不佳时，就会把他撵走；情绪好了，又让侍从们四处奔波把

教师找来；情绪特别好的时候，还会让他吻一下手，这种荣幸就连那些地位最高的贵族也没有得到过。❶

傍晚时分，公主坐在窗旁，弹着竖琴唱着歌，米罗斯拉夫坐在她身旁，两眼凝视着她被夕阳金辉映得美丽动人的脸庞。

“如蒙恩准，小人愿为您唱一支自己的歌。”米罗斯拉夫说。

这是什么样的歌声啊！它如银铃之声，呼唤公主去祈祷上苍；又好似悠扬悦耳的夜莺之声，引导着她投进爱人的怀抱。当太阳的最后一线余光映在玻璃窗上，公主终于揭下了裹着骄傲之心的那张纱网。她悄悄将头靠在米罗斯拉夫身上，泪水滴在他的手上。❷

❶“总—分”的写法，阐述公主冰冷的心已被米罗斯拉夫慢慢融化，爱情征服了骄傲的公主。

❷高度赞扬了国王悠扬的歌声，让公主如醉如痴，深陷其中不能自拔。其实，不能自拔的更是这段刻骨铭心的爱情。

米罗斯拉夫像是没有看见一样，说：“这是一支告别的歌，亲爱的公主！明天我就该离开了。”

“不！不能这样！米罗斯拉夫，你不许离开这里！”美美公主嗓音颤抖地叫唤起来，紧紧抓住了米罗斯拉夫的手。就在这一刹那，门开了，父亲走了进来。

“这就是你爱的人？”他冷冷地向吃惊的女儿问道。

“是，父亲，我爱他。”美美公主骄傲地昂着头回答说。

“他缺少你所要求的一个条件——高贵的门第。”

“我知道，可我就是爱他。即使再低贱些我也爱他。”❶

“那好，让你的未婚夫再待上一小时吧，可是你也不能留在这座宫堡里了，免得给我丢人现眼！”

“仁慈的国王啊！”米罗斯拉夫在国王面前跪下说，“我不能让公主为我而遭到不幸。我立即离开，一切都会被遗忘。”

国王没有理睬，很快叫来牧师。个把钟头之后，骄傲的公主美美便成了“穷小子”米罗斯拉夫的妻子。她穿着普普通通的粗布裙站在宫堡门前，心情沉重地和父亲告别，父亲像对待一个穷丫头似的将她撵出了宫堡。她很快鼓起了勇气，拉着丈夫的手上了马车，一直来到王国边界。❷

“妻啊，我的宝贝，”米罗斯拉夫对美美说，“现在我们怎么办？我在京城当差的兄弟可以帮我找个差事，但这以前我们得想法熬过贫困。”

“我们不是还有点儿钱吗？我去给人干点儿活，减轻一下你的负担。”美美公主安慰丈夫说。尽管她心里也不轻松。

两人来到王国的京城。米罗斯拉夫租了一间小房子，和美美一块儿住了下来。他们把所有贵重的衣服

❶ 生动的神态、语言描写，把公主为了爱情可以舍弃一切的决心表现了出来。

❷ 当公主义无反顾地与丈夫走出王宫后，一个新的公主就展现在我们的面前，我们都期待着她的崭新人生。

❸ 米罗斯拉夫国王为了让骄傲的公主接受教训真是煞费苦心。

都卖掉，买些普通衣服，连美美手上唯一的一枚戒指也拿出来换钱过日子。

第二天中午，米罗斯拉夫提着一个小包袱回来了。

“瞧，我的心肝，我给你捎活儿来了。你干完这活儿，能拿到一份不错的报酬。我的妻呀，以前都是别人给你干活儿，如今却要你给别人干活儿，忍受贫困，我是多么不幸啊。”米罗斯拉夫诉着苦，吻着妻子的手。❸

“你诉什么苦啊，”她眼睛里露着温柔的微笑，“这是我乐意的啊！你的爱情能补偿我的一切。”

她高兴地拿起那块软布料，心甘情愿地干起活来。她勤快地缝着，连晚上也不休息一下。活儿做完之后，米罗斯拉夫让她把完工的活儿送到一座漂亮的房子里去。家仆们带她穿过好几间富贵的大厅，一直来到了卧室。家仆们对她的针线活儿横挑鼻子竖挑眼，还要扣掉工钱。她脸烧得滚烫，泪水涌上了眼眶。正在这时，一位高贵的夫人走了进来。询问情况后，看了看她的针线活儿，吩咐仆人付给她工钱。美美感激地向夫人深深鞠躬，飞快跑出了这座房子。她琢磨，她的那些侍女大概也是这样对待女裁缝和工人的。

大概过了两天，米罗斯拉夫又在别处找了活儿。公主来到这位夫人家，夫人从头到脚仔细打量着，问她都会干哪些活儿。等美美回答之后，答应让她先干两天试试。

这两天可不好熬啊！现在美美才知道，女仆伺候一个娇生惯养的人要吃多少苦，受多少气！她没完没了地帮女主人打扮，受尽冷眼和折磨，只要有一撮头发没卷好，她就会狂呼乱叫，大发雷霆。美美实在受不了，两天一过便回家来了。

“你听到一个新闻了吗，我的爱妻？”过了几天，米罗斯拉夫高高兴兴地走进家门问道，“国王带来一位未婚妻，明天将举行盛大宴会。宴会上国王会把他的未婚妻介绍给臣民。好多厨师将去帮忙，听说每人能得到好几块金币。你也会煮饭，去不去当个厨娘？”

“干吗不去，我去！这样挣钱的机会是难得的。”美美回答说。

清早，她就同丈夫一道去国王宫堡了。

“我也去找个挣钱的活儿干，晚上我来接你。”米罗斯拉夫说。

美美起劲地干着主勺厨师给她布置的一整天的活儿，忙得顾不上注意宫堡里的情况。正当美美跑过走廊时，一位全身穿金戴银的老爷来到她跟前，华贵的衣服闪烁得美美没能辨认出对方是谁。“劳驾，”那人以低沉的声音对美美说，“请你找个人帮我系一下鞋带。”

美美飞快偷视了老爷一眼。根据衣服判定应该是国王本人。她连忙弯下腰，亲自给他系上鞋带。国王谢过之后便走了。过了一会儿，侍从来找给国王系过鞋带的厨娘，让她到内室去见女总管。

美美走进内室，有人请她走进另一间房子。这些房间布置得跟她家里一样富丽堂皇。她想，这一定是年轻的王后将要居住的地方，为什么要我来这里呢？她一直走到更衣室，那里放满了华贵的衣服和首饰。

“请您挑选一套衣服和首饰，我来帮您穿。国王为了感谢您为他系过一次鞋带，想请您同他跳一支舞。”

“我的上帝，”美美吓了一大跳，“不，不行！让我和国王一块跳舞？穿上这样的衣服？我丈夫会怎么说呢？”

“我来请你，也不行吗？”后面传来一个声音。美美发现国王就站在她后面——国王就是米罗斯拉夫。

美美大吃一惊，同时又略带忧伤地问：“你为什么要做这一切？为什么要这样对我？”

“你还记得吗？你是怎样骄傲地把我的侍从们打发回去的？那时候我就

发誓要压低你的傲气。你父亲支持了我，你的爱情也帮助了我。要不是你父亲坚持，我恐怕不会考验这么久。我也和你一样备受煎熬啊！”

正在这时，门开了，老国王走了进来。三个人热烈地拥抱在一起。“女儿啊，这种考验虽然有点难熬，但是请相信我，这对你和你的孩子都是有益的。”父亲说。

客人们纷纷到来。王后穿着镶金嵌银、满是珠宝的服装，头戴王冠款款走来。每个人都被她的美惊呆了。因为她不只是美丽，还有和蔼可亲和善良的品性。

米罗斯拉夫自豪地昂首阔步，挽着他的妻子进入大厅。大臣、贵人们正聚集在那里，欢呼着迎接年轻的王后。

日积月累

一见倾心　满面怒容　冥思苦想　凝思　大材小用　提心吊胆　芬芳四溢
四处奔波　心甘情愿　横挑鼻子竖挑眼　富丽堂皇　昂首阔步

延伸思考

1. 米罗斯拉夫国王第一次向公主求婚，结局怎样？
2. 为了让骄傲的公主接受教训，米罗斯拉夫国王都做了什么？

盐比金子更珍贵

名师导读

这个故事讲述了一个国王想要立女王，就问三个女儿有多爱他。大女儿和二女儿都说，像金子和宝石一样爱他，只有小女儿说像盐一样爱他，从而被赶出了宫，被神仙婆婆收留。很长时间以后，盐终于比金子和宝石珍贵，小公主回到王宫，成为女王。小公主坚信，最为普通的、人们却又离不了的盐比金子和宝石珍贵。质朴、善良、诚实——这不正是她人格的写照吗？

从前有一个国王，他有三个女儿。国王就像爱护自己的眼睛一样疼爱她们。国王渐渐变老，须发花白如雪，身体一天天衰弱。他思量着：在我死后，由哪一个女儿来当女王呢？他对三个女儿一样地疼爱，所以一直拿不定主意。后来他终于想出一个办法：让最爱自己的那个女儿做女王。于是国王把三个女儿叫到跟前，说："我的女儿，我已经老了。在我离开之前，要在你们中间选定一个来当女王。在做出决定之前，你们都说说，有多爱我这个父亲。"

大女儿抢着说："亲爱的父亲啊，对于我来说，世界上所有的金子加在一起也没有您珍贵。"说完，她亲热地吻了一下父亲的手。

二女儿也不甘示弱，接着说："亲爱的父亲啊，对于我来说，您胜过世间所有的宝石。"说着，她紧紧依偎在父亲的身旁。

而小女儿玛露什卡只是满怀深情地望着父亲，没有说话。

“孩子，你是怎么爱父亲的？”国王忍不住问道。

“我爱您，爸爸，就像爱盐一样。”玛露什卡平静地说。

两个姐姐听后，立刻嚷起来：“你这个不孝女，在你眼里，父亲就像盐一样不值钱吗？”❶

“是的，盐虽然不值钱，但我们都离不开它呀。”玛露什卡诚诚恳恳地说。❷

“你给我出去！”这时国王也怒了，对着玛露什卡吼道，“既然你觉得我像盐一样，那就等到有一天，人家都说盐比金子、比宝石更珍贵时，你再回来吧！”

善良的玛露什卡两眼含着泪水，心中装满了委屈，伤心地离开了王宫。她不知道该去哪儿，只好顺风而行，翻山越岭，不知不觉走进了一座黑森林。突然，玛露什卡面前出现了一位老婆婆。玛露什卡恭恭敬敬地向老婆婆问好。老婆婆见姑娘满脸泪痕，热心地问：“孩子，看你愁眉不展的样子，有什么伤心事吗？”玛露什卡找到了倾诉的对象，便把心中的苦闷说了出来：“我并不想当什么国王，只是希望父亲能理解，我是非常爱他的。”玛露什卡说完，老婆婆笑了笑，说：“放心吧，孩子，你的父亲很快就会理解的。你现在没有地方去，不如到我那里帮帮我。”正愁找不到安身之所，玛露什卡立即答应了。❸

老婆婆领着玛露什卡来到自己的林中小屋，给她准备了丰盛的晚餐。晚饭后，老婆婆问：“孩子，你会

❶作者下笔如刀，运用语言、动作、神态描写直指两个姐姐的虚荣和贪婪。这样的描写，虽无一个贬义词，但对二人的褒贬立现。用词直截了当，用意清晰明确。

❷玛露什卡诚恳的话语与两个姐姐比起来，显得那么纯朴、善良，透着一种率真之气。

❸作者于精细处着笔，在对话中展现人物的品质。

放羊吗？你会纺纱织布吗？”

“我什么都不会，”玛露什卡说，“可是，我愿意和您学。”

“只要你照我说的去做，等到时来运转，就会万事如愿。”老婆婆说。玛露什卡立即动手干起活来。

玛露什卡走后，她的两个姐姐继续过着花天酒地的日子。她们不停地在国王面前撒娇献媚，从他那儿哄走一件又一件贵重的珍宝。大女儿整天穿金戴银，打扮得妖里妖气；二女儿迷恋着跳舞，宴会一个接着一个。父亲很快觉察出来，大女儿和二女儿都非常贪财，并没有把他放在心上。他开始想念玛露什卡，她才是真心体贴关心父亲的呀！国王真恨不得立即派人去找小女儿，可是一想起她那句“爱父如同爱盐”的话，心里不免重新浮上一股怒气，又打消了找她的念头。❶

有一天，王宫又举行宴会了。厨师突然惊慌失措地跑来禀告：“陛下，出事啦，厨房里的盐都没了。”国王摆了摆手说：“这有什么大不了的，派人买一些不就行了。”

过了不久，国王又接到禀告，王宫里的盐全都没了。“什么？”国王大怒，开始派大队人马到全国各地去找盐。然而所有的地方都没有盐。因为缺盐，人们变得脸色憔悴，就连国王和两个女儿也病倒了。

这时，国王才明白，原来他根本不放在眼里的

❶ 作者抓住“献媚”“哄走”等动作，融合些许讽刺之意，将两个姐姐贪财的蠢态表现了出来。

❷ 雨果曾说过：“善良的心就是太阳。”拥有善良的人是最美的，小公主的善良感动了神仙婆婆。至此，故事情节出现了转机，让我们也在心里迎接属于小公主的太阳吧！

❸ 在一切要求和盐面前，小公主坚定地选择了盐，这不得不让我们心生敬意。

❹ 这是老婆婆对小公主的祝愿，也是对所有善良、诚实的人的一种祝福。

盐竟然这么珍贵，人人都离不开它。玛露什卡是多么聪明，而他却伤害了她。

原来这一切都是老婆婆施的魔法。老婆婆是一个巫师，她见玛露什卡是个善良的孩子，便施了魔法帮助她。❷

等到把所有的盐都变没了，老婆婆对玛露什卡说："孩子，你该回家了。""我的好奶奶，父亲不愿见我，我怎么能回去呢？"玛露什卡说着哭了起来。老婆婆把家中发生的事告诉了她，说现在盐比金子和宝石都珍贵，她可以回去了。玛露什卡跟着老婆婆学会了许多东西，告别时难分难舍，可是她也十分想念她的父亲。

"孩子，你在我这儿干活很勤快，"老婆婆在分手时对她说，"我要好好酬谢你。说吧，想要我给你什么？"

"我什么也不要，只想给我父亲带一点儿盐回去。"

"我可以满足你的一切要求，真的什么也不要了吗？"老婆婆又问了一遍。

"不要别的，只要盐。"玛露什卡坚定地说。❸

老婆婆微笑地点了点头，说："既然这样，我把这根小树枝给你。等到一起风，你就顺着风向走，经过三片洼地，翻过三座山岗，你就停下来，用树枝抽打地面。地门会立即为你打开，里面都是给你的嫁妆。"玛露什卡接过小树枝，把它收好，和老婆婆依依惜别。老婆婆给她装了满满一袋盐，一直把她送出森林。"你要永远这样善良、诚实，我的好孩子，你会永远幸福。"说完，老婆婆就不见了。❹

玛露什卡立即赶路回家了。王宫里谁也没有认出她，甚至不肯放她去见国王。

"我给国王陛下带来一件礼物，它比金子和宝石还要珍贵。"她来到国

王面前，求他给一块面包。“可是我们没有盐。”国王悲伤地说。

“我有盐，”玛露什卡说罢切下一片面包，拿出盐撒在面包片上，并将面包和口袋一起交给了国王。

“盐！”国王兴奋极了，“这可是一份珍贵的礼物啊！我怎么酬谢你呢？”

“我什么也不想要，爸爸，我只希望您像爱盐一样爱我。”玛露什卡边回答边取下头上的布巾。国王见到玛露什卡，激动得热泪盈眶。他们紧紧地拥抱在一起。

国王最小的女儿玛露什卡回家了，她带来盐了。这消息立即传遍整座王城。大家都欢欣雀跃，玛露什卡把盐分给大家。不管她抓了多少盐出去，口袋里仍旧是满满的，总也不见减少。

国王的病好了。他立刻召开全王国的元老会，确定小女儿玛露什卡来接替他的王位。就在玛露什卡登上王位的那一天，她感到有股暖风吹到她的脸上。她立刻想起了老婆婆对她说过的话，便拿着小树枝上路了。

玛露什卡来到一间像冰一样晶莹剔透的大厅里。一批个子矮小的盐民，手持燃着的松明，从走廊上跑来对玛露什卡说：“欢迎您，女王，我们已在这里恭候多时了。请您参观一下您的财产吧。”小盐民围着她叽叽喳喳说这说那，跳跳蹦蹦爬上爬下。在灿烂的灯光中，红艳艳的冰玫瑰和各种奇花异草闪闪发亮。“我从来没有见过这样美妙的景色。”玛露什卡看得眼花缭乱。“这里的一切都是盐。”小矮人说。“怎么盐还能生长？”女王惊讶不已。“是啊。你一直拿，总也拿不完。”玛露什卡向小盐民们表示感谢，从地下宫殿走了出来。

玛露什卡回到家里，向老国王讲述了一切。老国王感叹道：“老婆婆送的陪嫁，比什么都珍贵。”

玛露什卡没有忘记老婆婆。她套上一辆漂亮的马车，和父亲去接老婆婆进宫，以报答她的恩情。可是林中的小屋已经无影无踪。他们走遍了整个森林，仍然白费力气。这时玛露什卡才恍然大悟，明白了一切。

姐姐们并不希望玛露什卡这样幸运，她们想方设法使坏，但无济于事。父亲把玛露什卡视为掌上明珠，全王国的臣民都爱戴她。玛露什卡仍旧像从前一样纯朴、善良，至死也没有忘记这位好婆婆。

日积月累

翻山越岭　恭恭敬敬　愁眉不展　安身之所　时来运转　花天酒地　穿金戴银
妖里妖气　惊慌失措　难分难舍　依依惜别　热泪盈眶　欢欣雀跃　晶莹剔透
惊讶不已　想方设法　掌上明珠

延伸思考

1. 当老国王让三个女儿说说有多爱他时，她们都是怎样说的？
2. 三个女儿中谁是真心爱自己的父亲？你是怎么看出来的？

空心麦子

名师导读

为了得到世界上最美丽、最宝贵的东西，年轻、漂亮、富有的寡妇派出船队去做环球旅行。结果，老船长只带回满船的小麦，而最后这些小麦长出的麦粒都是空心的。为什么会出现这样奇怪的事情呢？让我们走进这个故事，慢慢品味这其中的蕴含的深刻道理吧。

有一个美丽的国家叫荷兰。荷兰沿海有一座繁华的城市，城里住着一位年轻漂亮的寡妇。她是这个城市最有钱的人。住的是最豪华的别墅，墙上挂满了名画，地板上铺的是名贵的地毯，连餐具都是用金子做的。她甚至拥有一支属于自己的船队呢！❶

一天，她对有着丰富航海经验的老船长说：“你率领船队去做一次环球旅行吧，把你认为世界上最美丽、最宝贵的东西给我带回来。”

不久，老船长带领船队出发了。老船长会带些什么东西回来呢？每天的茶余饭后，城里的人都要猜测、议论一番。

几年过去了。一天，正在海边玩耍的孩子突然兴奋地大喊：“快来看哪，船队回来了！”人们纷纷奔向码头，寡妇也洋洋得意地赶来了。她睁着美丽的大眼睛，充满期待地望着徐徐靠岸的船只，心想：老船长一定给我带回全世界最珍贵的宝贝了，这下我可以大出风头了。

船队靠岸后，头发灰白的老船长手里拿着帽子，不慌不忙地走到她面前。

“你给我带回什么宝贝了？”寡妇迫不及待地问。❷

老船长深鞠一躬，说：“夫人，几年里，我游遍了世界各国，看到了无数的金银珠宝，可始终没能找到我认为的世界上最美丽、最宝贵的东西。我失望极了，甚至有过放弃的念头。”停了一下，老船长又接着说：“可是当船队驶进波罗的海的一个港口时，我发现两岸都是绿油油的麦田，一眼望去，无边无际。这改变了我失望的情绪。我觉得这些麦子才是世界上最美丽、最宝贵的东西！所以，我就把所有的船只都装上小麦运回来了。”❸

“什么？”寡妇恼羞成怒大叫起来，“你简直老糊涂了，这种东西还用你花这么长时间到处找吗？”

“是的。因为麦子可以做成面包。没有面包，大家就会饿死。所以，我认为麦子是最美丽、最宝贵的东西。”船长冷静地回答道。

“你不要当船长了，赶紧把这些东西统统给我倒掉！”寡妇漂亮的脸蛋已经涨得通红，大叫着，“你给我滚，从现在起，我不想再看到你！”船长叹了口气，无奈地摇摇头，默默地离开了。船员们按照寡妇的吩咐，把小麦一桶一桶全都倒进海里。这时，一位白发老人走到寡妇面前，用低沉有力的声音说：“也许，当你变成穷人的时候，你就会明白麦子是上帝赐给人类最宝贵的东西。”

“哼！我会变穷？”寡妇冷笑着，摘下手指上的

❶开篇描写交代了寡妇漂亮的外表和显赫的家世，这正是她自满、傲慢的资本。

❷作者通过语言、神态来刻画人物的形象，生动地表现了寡妇的迫切心情，也为将要到来的灾难埋下伏笔。

❸老船长阐述了小麦的寓意——只有自己最需要的，才是最珍贵的。

宝石戒指往海里一扔，说："我不可能变穷，就像大海永远不能还我戒指一样。"说完，头也不回地走了。

几个月后，寡妇在家里举行盛大宴会，邀请的都是城里的富翁。人人珠光宝气，围坐在华丽的餐厅里又吃又喝，好不热闹。

开餐时，女仆端上来一个大盘子，盘里盛着一尾烤好的海鱼。寡妇用餐刀把鱼肚切开，"啊"地惊叫起来，指着鱼肚，结结巴巴地说："这……这是我扔到海里的戒指。"大家立刻围过来，果然，一枚宝石戒指正躺在鱼肚子里闪闪发光呢。

第二天早晨，寡妇还没起床，一个仆人就慌慌张张地跑来报告："夫人，咱们的船队在海上遇难了。"寡妇听完，差点晕过去。从此以后，寡妇便一蹶不振。

这个美丽而骄傲的寡妇破产了，变成了乞丐。她每天饥肠辘辘地站在面包店门口，祈求别人给她一片面包。那个原本繁华的港口呢，由于沉积了大量的小麦而变成了浅滩，船只再也不能靠岸了。一年以后，港口变成了一片麦田。但奇怪的是，这里长出来的麦粒竟然全是空心的。人们都说，这是上帝在惩罚寡妇呢。

日积月累

洋洋得意　期待　徐徐　不慌不忙　无边无际　恼羞成怒　珠光宝气

结结巴巴　慌慌张张　一蹶不振　饥肠辘辘

延伸思考

1. 老船长为寡妇带回的世界上最美丽、最珍贵的东西是什么？

2. 繁华的港口为什么会长出空心的麦子呢？

有魔力的玫瑰花

名师导读

巴夏的女儿是绝代佳人，但她被施了魔法，不肯走出闺楼一步。也门的王子历尽千辛万苦，用玫瑰花解救了美丽的姑娘。两个人幸福地生活在一起。王子勇于尝试和坚持不懈的精神令人敬佩。面对爱情他勇往直前，最终凭借智慧和顽强的毅力实现了自己的愿望。王子的经历告诉我们：无论遇到多么困难的事情，只要有恒心有毅力地做下去，就能成功。

从前有个人叫巴夏，他有一个独生女儿，容貌倾国倾城，是绝代的佳人。多少人想看她一眼，都不能如愿，因为美人从来不出王宫闺楼。

也门的一位王子听到这姑娘的名声，非常想看一看。但是到达美女的王宫，要走七年的时间。他想："无论如何我都要见到她。"于是，他离开自己的国家，出发了。

就这样，他每天风餐露宿，走了好久好久。钱用光了，衣服破了，最后靠乞讨生存。

一年的盛夏，天气炎热，王子来到一个有许多花园和葡萄园的地方。他渴极了，便走进一个果园，从树上摘下几个果子。他一边走一边吃，不知不觉来到一个大花园。

花园里有一个亭子，亭子里躺着一个女人。她是花园的管家，三天醒来一次，巡视一下花园后就又睡着了。

这时，女管家醒了。王子一看见她，就怕得什么也不敢吃了。“啊，我偷吃了她的果子，她一定不会饶了我的。怎么办？”王子一边想，一边慌忙藏到树后面。

其实女管家早就闻到了人的气味，直接奔他走去。“她马上要看见我了，这下完了。”王子想着，哆哆嗦嗦从树后走出来。

“大娘，求您饶了我吧……不要伤害我！”

“孩子，你怎么来的？如果你不老实告诉我，我就吃了你。”

“大娘，您别吃我。也许是真主安拉带我到这里来的。”王子神情悲哀。❶

女管家见他可怜的样子，便问：“孩子，你是流浪汉吗？你为什么来这里？”

王子不知是害怕呢，还是怀着希望，立刻向她述说了全部经过。

“哎哟，孩子，到那个国家还有九个月的路呢。即使到了，也不一定能见到姑娘。如果你固执己见，最后会害了自己。”女管家劝告他。王子回答说：“不，我是为了爱情来的。我一定要找到她！”

女人说：“你不知道，这姑娘被人施了魔法，她不想见任何人，也不可能爱任何人。你想见她，只有破了这种妖术才行。”❷

“我该怎么破呢？”王子焦急地问。

❶“怕得什么也不敢吃了”“慌忙藏到树后面”“哆哆嗦嗦从树后走出来”“神情悲哀”几处描写将王子的恐惧之情展现得淋漓尽致。

❷通过王子与女管家的对话可知，他的这次出行充满了危险。故事情节扣人心弦，引起读者的阅读兴趣。

❸这个“秘密”推动故事情节的发展，王子是如何找到有魔力的玫瑰花的呢？给读者留下了想象的空间。

❹简洁过渡，引出另一个故事情节，用这种结构吸引读者的注意力。

“孩子，到现在我没对任何人透露过这个秘密。但是看你受了那么多苦，我可以告诉你，让你的愿望能够实现。你从这里出去，走到一个花园，看见一棵白玫瑰花的树，把树上的白玫瑰花戴在姑娘的头上，妖术就不灵了。”❸

王子道了谢就出发了。不知又走了多久，他终于来到那个花园。花园门口站着一只像猫一样的怪物，发出恐怖的声音，让人心惊胆战。原来就是这怪物使姑娘着魔的，它是那个女管家的大女儿。王子没有被怪物吓倒，毫不犹豫地走到它跟前。怪物被王子的真情感动了，给他指出了前进的路。

王子在花园找到了那棵白玫瑰花树，玫瑰花开得十分茂盛。他小心地摘下一朵，这时花园里响起一阵可怕的叫喊：“是谁在偷我的玫瑰花？抓住他！”

王子吓得赶紧向花园外跑。他跑得那么快，就是子弹也追不上。他跑了很久，终于摆脱了麻烦。

我们将故事缩短一些，否则要长得不得了！❹

不久，王子终于跑到了朝思暮想的国家。他已经累得不成样子了。他走进一家旅馆，说：“我是骆驼商队的主人，被强盗抢走了东西和钱。我已经流浪六个月了。”

大家听了都很同情他。又是给吃的，又是给喝的，像招待上等客人一样。

晚上，王子发现旅馆里的人，三五成群在谈论什么。仔细一听，原来他们也在谈论那个姑娘。“要是能骗过她的奶妈就好了。就是这个老妖婆，什么也不让人知道。”人们义愤填膺地说。

天亮了，王子在街上漫无目的地走着。突然有一个与众不同的老太婆迎面走来，衣服发出“叽叽——叽叽——”的声响。

“这莫不是姑娘的奶妈？我同她谈谈，或许可以打听到什么。”王子想着，走上前去。

老太婆看出他是一个外国人，就问：“孩子，你要去哪里？”

“大娘，我是个穷人，以卖玫瑰花为生，现在我还剩下一朵花。”王子答非所问。

“让我看看这朵玫瑰花什么样？”

王子拿出玫瑰花给老太婆看。

“啊，真漂亮！多少钱？”

“大娘，这玫瑰花应该送给年轻的姑娘。”

“孩子，我是巴夏女儿的奶妈，我买花是想送给她当礼物，只是刚巧忘了带钱……”

她的话没说完，王子马上说：“大娘，您拿着吧，这玫瑰花送给您要送的人吧。”❶

老太婆拿着玫瑰花回到王宫，把它插在姑娘的头上。顿时，姑娘心里燃起了爱情的火焰。王子的热情传到她身上，她不知道怎么办才好，只好请求奶妈：“奶妈，我感到不舒服。你去告诉我父亲，我想到花园走走。”

巴夏听了心花怒放：“哎哟哟，太好了！我的孩子终于想到外面去了……”

姑娘和奶妈在花园里散步。她忍不住问奶妈：“奶妈，这朵玫瑰花是哪来的？为什么我一戴上它，就感到心里燃起了一团火？”

“女儿啊，是一个青年送给我的。”

“奶妈，你让我去见见那青年吧。”

“傻孩子，我们在街上相遇，谁知道他现在在哪儿呢！”

“奶妈，这青年我是一定要见的。不然，我去告诉父亲。”

奶妈拗不过她，只得说："好的，我去找，找到了带他来见你。"

老太婆走出王宫，王子正好在门口等着。她一眼就看见了王子，说："孩子，公主戴上你的玫瑰花就病了。现在她要见你，你跟我一起去，我可以给你五个铜币。"

王子心中窃喜，说："好吧，我去。我不要钱。"

老太婆高兴地把王子带进王宫。姑娘从窗口一望，立刻就爱上了王子。她春心荡漾，写了张纸条："我已经全心全意爱上你了。如果你也爱我，今晚到花园来相会。"然后把纸条偷偷从窗口扔了下去。❷

王子读着纸条，高兴得飘飘然。这时老太婆走出来警告他："孩子，当心，不要告诉任何人。巴夏知道了，要把我们都处死的。"

天一黑，王子翻墙潜入花园。两人一见面，就热烈地拥抱……天亮时，巴夏见不到自己的女儿，连忙叫人四处寻找。他们在花园里发现公主和一个青年挨在一起。❸

巴夏惊讶得不得了，心想："这是怎么回事？这个陌生人是怎么进来的？他还诱惑了我的女儿，我该怎么办？"

巴夏的叫喊，把姑娘和王子吵醒了。他们一看见巴夏，就吓得直发抖。不过，王子马上镇静下来，向巴夏讲清了事情的经过。

❶故事发展到这里，终于出现了转机，真可谓一波三折。这使得故事的可读性极强。通过语言描写，我们可以看出王子不但有毅力，也有智慧。

❷准确地表现出姑娘对王子的爱慕之心，玫瑰花释放了它的魔力，与前文女管家的话相互呼应。

❸矛盾冲突越激烈，故事越发具有张力。

巴夏说："孩子，你使我女儿免受了一场巨大的不幸，我要让你们成为夫妻。"

巴夏把他们带进王宫。大臣遵照巴夏的命令，当即给王子和姑娘订了婚。

四十天后，全国举行了盛大的婚礼。姑娘和王子永远幸福、快乐地生活在一起。

日积月累

倾国倾城　风餐露宿　固执己见　心惊胆战　朝思暮想　三五成群　义愤填膺
心花怒放　春心荡漾　全心全意　飘飘然

延伸思考

1. 王子经历了哪些磨难？最终是怎样解救的姑娘？
2. 文中王子的哪些行为给你留下深刻的印象？圈出相关的描写，细细品味。

和巨人比赛吃饭

名师导读

对于有勇有谋的人，勇敢和坚强是走向成功的桥梁，聪明和智慧是开启成功之门的钥匙。故事中的阿斯凯皮尔坦无疑为我们树立了榜样。他遇到巨人，并没有因为害怕而退缩，而是镇定地用自己的智慧，把巨人打败了。险恶的处境和强大的对手更加突出了阿斯凯皮尔坦的机智勇敢。多种描写方法的运用，使人物形象更加丰满，给读者留下了深刻的印象。

从前有一位农民，他年迈多病，三个儿子碌碌无为，家里负债累累。幸好，他有一片森林。为了还债，他苦口婆心地说服儿子们去森林伐树。

第一天，大儿子走进森林，看中一棵高大的冷杉。当他举起斧头准备砍时，传来了震耳欲聋的声音：“敢砍伐我的森林，看我不打死你！”大儿子回头一看。天哪！走来一位高大、肥胖的巨人。他扔掉斧子，掉头就跑。回到家，大儿子上气不接下气地讲了事情的经过。父亲责怪说：“你就是一个胆小鬼。我年轻的时候，到森林砍树，巨人从来不恫吓我。”

第二天，二儿子去伐树。他还不如大儿子呢，连巨人看都没看一眼，就扔掉斧头跑回了家。父亲更生气了。他说他年轻的时候，巨人从来不恫吓他。

第三天，轮到三儿子阿斯凯皮尔坦了。他背上一口袋奶酪就上路了。

三儿子来到森林里，刚砍了几斧头，就听到巨人吼道：“胆敢砍伐我的森林，看我不杀死你！”

“快闭上你的嘴，”三儿子镇定自若，对巨人说，“我挤死你就像把这块石头挤出水一样！”说着取出一块奶酪，用力挤压，压得乳清都流出来了。❶

巨人害怕了，心想：我力气再大，也不能把石头捏出水来呀！

“这可使不得，亲爱的，你还是饶了我吧，”巨人连忙请求说，“我一定帮助你伐树。”

小儿子饶恕了巨人。巨人伐得很快，这一天他们采伐了很多木材。

天黑的时候，巨人说：“你跟我回家吧，这里离我家比较近。”

阿斯凯皮尔坦同意了。他们来到了巨人的家。巨人的房子很高，里面的东西都很大。巨人去生火炉，让阿斯凯皮尔坦去打水，但是水桶很大很重，他连拿都拿不动。

这时候，阿斯凯皮尔坦说：“拿水桶做什么？不如我把整个水井都搬来吧！”❷

“不行不行，亲爱的，你发发善心。”巨人说，“我可不能没有那口水井。请你来生火，我去提水吧。”

巨人提水回来以后，他们做了一大锅麦片粥。

“喂，”阿斯凯皮尔坦说，“你愿意和我比赛吃粥吗？”

❶鲜活的语言、动作描写，把阿斯凯皮尔坦聪明勇敢的形象表现了出来。让我们懂得与其费尽心思地回避将要来临的困难，还不如勇敢地去面对它、战胜它。

❷遇到问题多动脑、多思考，再难的事情也会有解决的办法。这让我们看到了一个机智勇敢的少年。

❸文章按照故事情节的发展，讲述了阿斯凯皮尔坦智斗巨人的经历。末尾与开头相照应，使文章自然收束，结构完整。

“当然了。”巨人回答，他胜券在握地在桌子旁坐下。

阿斯凯皮尔坦偷偷地把皮背包藏在衣服里面，把粥都倒进了背包里。当背包满了的时候，他就掏出一把尖刀，在上边戳一个洞。巨人看到了也没说什么。他们吃了很长时间，巨人终于放下勺子。

“哎呀，我已经吃不下了。”巨人拍拍肚子说。

“你一定还能吃，”阿斯凯皮尔坦说，“像我这样，在肚子上戳个洞，再多你也能吃得下。”

“这样会不会很痛呀？”

“不会，没有问题的。”

巨人就在自己肚子上戳个洞，立刻鲜血直流，疼得他大叫起来。巨人叫了一会儿，就没了声音。他已经死了。阿斯凯皮尔坦拿着巨人的金银财宝回家了。他用这些钱偿还了家里的债务。❸

日积月累

碌碌无为　负债累累　苦口婆心　震耳欲聋　上气不接下气　责怪　恫吓
镇定自若　饶恕　胜券在握　偿还

延伸思考

1. 三个儿子去伐树，最后谁伐倒了树木？
2. 阿斯凯皮尔坦是怎样战胜巨人的？

王子与天鹅

名师导读

故事以王子的行踪为线索，按照时间、空间的转换顺序，描写了王子打猎迷路后的奇特经历，塑造了一个勇敢、坚强的人物形象。作者从语言、动作、神态等细微处着手，使人物形象栩栩如生。一波三折的故事情节更有力地表现了王子的勇敢、天鹅姑娘的机智和他们之间坚定的爱情。读了这个故事，我们深有感触：遇到困难不退缩，坚持不懈方能成功。

从前有一个国王，他有一个独生儿子。

儿子长大以后，特别喜欢打猎。一天，他在打猎的途中迷路了，稀里糊涂地走到了另一个国家。在一个小屋前，他看见屋里住着一个老人，雪白的头发拖到地上，胡子垂到腰间。年轻的王子向前施礼道："您好，老爷爷！"

"你好，孩子！"老人回答，"你怎么到这儿来的？"

"我打猎迷路了，就走到这里来了。"王子说。

"你愿意留下陪伴我吗？"老人问道。

"愿意。"王子点点头，回答说。

老人说："你在这里干三年，三年以后，我给你找个美丽的姑娘做妻子。"年轻的王子就留下来了。

第一天早上，老人递给王子一根鞭子，说："你今天的工作是绕着湖打响鞭。”晚上，王子回到小屋里。老人问：“你是不是真的打了一天响鞭？”

“是的。”王子回答。

“你看见什么没有？”

“没有。”

老人没再说话。

他们吃了晚饭就去睡觉了。

第二天早上，老人又给他那根鞭子，让他继续到湖边去。王子顺着湖边走，边走边甩着鞭子。中午时分，一群美丽的白天鹅飞来落在湖面上。她们脱下雪白的外衣，到湖里洗澡，洗完穿上外衣又飞走了。

晚上王子回到小屋里，老人问他：“你是不是真的打了一天响鞭？”

“是的。”

“你在湖上看见什么了？”

“我看见一群白天鹅。”

“还看见什么了？”

“我看见她们在湖滩上脱下雪白的外衣，到湖里洗澡，洗完澡又穿上外衣飞走了。”

老人仍旧没再说话。他们坐下来吃晚饭，就各自睡觉去了。

时光荏苒，两年过去了。一天，老人又让王子去湖边，告诉他：“今天是你在这工作的最后一天。你仍旧去湖边打响鞭。如果你想获得幸福，就在白天鹅洗澡的时候，趁她们不注意，把她们的外衣拿来。记住，做事细心点！”

年轻的王子记着老人的话，拿起鞭子，又到湖边甩起来。

中午时分，白天鹅又飞来了，脱下外衣，跳到湖里游泳、嬉戏。看她们游得远了，王子悄悄走过去，抱起她们的外衣，飞快地跑回老人的小屋。过了一会儿，天鹅变成了一群美丽的少女来到小屋。她们向老人要衣服。老人一件一件把衣服还给她们，只剩下一个最漂亮的姑娘的衣服没有给。老人请这位姑娘留在小屋里。别的姑娘穿起外衣，变做天鹅飞走了。

老人把王子领到屋后说：“这个天鹅姑娘就是你的妻子。这是她的外衣，一定小心藏好。如果她穿上衣服飞走了，你就再也找不到她了。”❶

王子谢过老人，藏起白天鹅的外衣，牵着姑娘的手走了。顺着老人指的方向，他们很快回到了家。

国王和王后都以为自己的儿子死了，看见他回来了喜极而泣。王子告诉父母，如何陪伴老人三年，如何得到天鹅姑娘。王子把天鹅姑娘的外衣交给妈妈保管，并告诉她千万不要让姑娘见着。姑娘一旦穿上外衣变成天鹅飞走，就再也不会回来了。

就这样，年轻的王子和美丽的天鹅姑娘一起过着幸福的生活。❷

一天，王子出去打猎，妻子留在家里陪着王后，天鹅姑娘恳求说：“妈妈，看在上帝的面子上，请您让我试试我的白外衣，我向您保证决不飞走。”王后一直摇头，没有答应她。

过了几天，王子又出去打猎，天鹅姑娘又来央求王后：“妈妈，看在上帝的面子上，把我的白外衣给我吧。您看看我穿上它是不是更漂亮，我发誓不飞走。”

❶老人的话既表明他兑现了三年前的承诺——姑娘已经是王子的妻子，又点明今后他们或许会遇到困难，王子将会面临挑战和考验。

❷王子与天鹅姑娘相爱了。此处言简意赅地表达了两人相爱的心情。文辞虽不华丽，但足以感受他们之间的感情。

❸王子刚刚获得幸福，天鹅姑娘就飞走了，真是一波刚平一波又起。

王后还是没有答应。

王子第三次出去打猎，天鹅姑娘又来请求：“好妈妈，看在您儿子的面上，把白外衣拿给我吧。我穿起来会更漂亮，您儿子看了会更喜欢。我和王子这么相爱，怎么舍得离开王宫呢？”

王后经不住天鹅姑娘的再三请求，打开箱子拿出了白外衣。姑娘穿起白外衣，立刻变成白天鹅。她缓缓地飞起，对王后说：“再见了，妈妈，让王子到玻璃山去找我。”❸

晚上王子打猎回来，王后告诉他事情的经过。王子听了悲痛欲绝，立刻跨上马，穿过树林，去找白胡子老人。他来到小屋前，没有告诉老人他是谁，只说：“您好，老爷爷！”

“你好，我的孩子，”老人回答，“你找我有什么事吗？”

“我来想问您一件事情，”王子说，“您知道玻璃山在哪儿吗？”

“孩子，我是三十二路风的皇帝，”老人回答，“如果世界上有玻璃山的话，我的风一定知道，一定可以把你带到那儿。”

傍晚，北风怒吼着回来了，在老人面前的地上打了三个滚，说："晚上好，陛下！"

"晚上好，"老人回答，"我的仆人，你看见一座玻璃山了吗？"

"看见了，我刚从那儿来。"

"那么明天你带这个年轻人到玻璃山去。"

第二天早上，王子还没有醒，北风就背着他来到了玻璃山脚下。王子醒来以后就开始爬山。他非常艰难地爬到半山腰，一不小心滑下来了。他又重新往上爬。爬到比刚才高一些的地方，又滑下来了。他又一点一点往上爬，费了好大力气才爬到山顶。山顶上有一个小屋，小屋里住着一个老太婆。王子走上前去，说："您好，老奶奶！"

"老天保佑你，我的孩子！你怎么到这来了？"

"老奶奶，是命运把我带到这里来了，"王子说，"我在找天鹅姑娘，她是我的妻子。听说她就在这玻璃山上。您能告诉我她在哪儿吗？"

"啊，我的孩子，你算找对地方了。但是我这儿有三百个天鹅姑娘，她们长得都一样。如果你能认出你的妻子，就带她走；但如果认错了，你就得被杀掉。"

年轻的王子是那样深沉地爱着天鹅姑娘，他想，要么找到她，要么为她献出生命。❶

老太婆吹起号角，一大群天鹅飞来了。她们落在地上，变成了美丽的姑娘。老太婆带着王子走到姑娘面前，挨个儿问："这是你的妻子吗？"

"不是。"

"这个呢？"

"不是。"

"那个？"

“也不是。”

后来走到一个最漂亮的姑娘面前，老太婆问：“是这个姑娘吗？”姑娘趁老太婆不注意，偷偷向王子眨眨眼。❷

王子立刻大声说：“是的，她就是我的妻子。”

老太婆向其他姑娘挥挥手，她们都变成天鹅飞走了。这时只剩下王子的妻子，她悄悄对王子说：“谁给你送饭都不要吃，等着吃我亲自送去的饭。”

老太婆对王子说：“你虽然认出来了，但要为我完成三件事情，才能带她走。现在你去对面那座山，天黑以前把它搬到玻璃山这边来。”❸

年轻的王子拿着工具，走到那座山下，开始挖起来。但是他一个人的力量太微不足道了，一天怎么能搬完一座山呢？中午时分，一个小男孩来给他送午饭。王子说：“我不吃。”就把孩子打发走了。

不一会儿，他的妻子送午饭来了。看见丈夫苦不堪言的样子，妻子说道：“亲爱的，吃饭吧。饭后睡一觉。晚上回去，老太婆要问你，你就怒气冲冲地告诉她：‘搬完了，快给我做饭吃，我饿得要把你吃掉！’”

王子吃过午饭，躺在草地上睡着了。天鹅姑娘偷偷叫来她的三百个姐妹，又把三十二路风请来，一会儿就把那座山搬到了玻璃山旁边。

太阳快落的时候，王子醒了。看见山已经搬走了，就回去见老太婆。走到小屋旁边，他就嚷起来：“老太

❶ 爱情的力量是强大的。王子为了天鹅姑娘决定铤而走险，愿意牺牲生命。

❷ 紧要关头，天鹅姑娘沉着、机智，向王子眨眼暗示，推动故事情节发展。

❸ 在王子历尽艰辛找到天鹅姑娘时，故事情节却发生了转折。老太婆又要他完成三个任务，新的历险故事即将开始。

婆，晚饭做好了吗？”

“山搬完了吗？”老太婆问。

“搬完了！”王子吼叫着，“快给我做饭吃，我饿得就想把你吃掉！”

老太婆觉得奇怪，急忙去准备晚饭。

第二天早上，老太婆对他说：“今天你去另一座山上，把所有的树都砍倒，锯成段，整齐地垛起来。”

王子扛起斧头往树林里走去，一直砍到中午才砍了三棵树。他坐在树干上发起愁来。怎么能在天黑以前把这些树都砍倒呢？这时，那个男孩子又来送饭了。王子说：“我不吃。”又把他打发走了。

过了一会儿，他的妻子送来了午饭，看他愁得像丢了魂似的，就说：“不要发愁，亲爱的。吃饭吧，吃完饭睡一觉。到了晚上，还像昨天一样去找老太婆。”①

> ①从“苦不堪言”“愁得像丢了魂似的”可以看出王子的担忧，天鹅姑娘却温柔地安慰他。这足见她不仅充满智慧，而且深爱着王子。人物形象更加饱满。

年轻的王子吃了饭，躺下就睡了。这时他的妻子秘密叫来所有的天鹅，她们又把各路风请来。风一下子把树全吹倒，天鹅姑娘把树锯成段，将它们整齐地垛起来。太阳落山的时候，王子醒了，看见树已全部砍倒并锯成段垛了起来，扛起斧头去见老太婆了。走到小屋旁边，他就发怒地叫起来：“老太婆，晚饭做好了吗？”

“活干完了吗？”老太婆问。

“早干完了！”王子吼叫着：“饿死我了！快拿晚饭来，要不我就把你吃掉！”老太婆很吃惊，赶快去取晚饭。

第三天，老太婆命令王子说：“今天你到田里，把麦子割下来，脱了粒，磨成面。我给你们做面包。”

王子拿起镰刀到田里去割麦子。割到中午，那个男孩子又来送饭，王子没有吃。王子吃了妻子送的饭又去睡觉。妻子叫来所有的天鹅姑娘，一会儿把麦子割完了。风使劲地把麦粒从麦穗上吹下来，又把粮食吹到风磨上磨成面粉。

太阳落山的时候，王子醒来走回小屋去。

“老太婆！”他怒吼着：“第三件事也干完了，快让你的姑娘们去抬面粉，好给我做面包。”

老太婆非常害怕。她吹起号角，把天鹅姑娘们叫来，让她们去抬面粉做面包。

次日清晨，年轻的王子来到小屋旁，吼叫着猛砸老太婆的门。老太婆吓得不得了，她想：哎呀！这小伙子真厉害！快打发他走吧，要不他会杀掉我！

老太婆刚一开门，王子就叫道：“面包烤好了吗？”

老太婆颤颤巍巍地说：“烤好了，烤好了。”

“快给我，我要走了！”王子怒气冲冲地叫道。

老太婆进屋拿面包的时候，妻子走来告诉王子：“老太婆会带来许多匹马让你挑选，你一定挑两匹最小最丑的马。”

老太婆拿着面包走出来，让人把马牵出来，对王子说：“你随意挑两匹马，一匹给你自己，一匹给你妻子。”

年轻的王子挑了两匹最瘦小的马。当王子和天鹅姑娘跨上马背的时候，巨大的翅膀从马身上长了出来。飞马带着他们回到了王宫。从此，王子和天鹅姑娘过上了幸福的生活。

日积月累

稀里糊涂　荏苒　嬉戏　喜极而泣　悲痛欲绝　怒吼　微不足道

苦不堪言　怒气冲冲　颤颤巍巍

延伸思考

1. 老太婆为了为难王子，让他完成了哪几件事？

2. 王子最终与天鹅姑娘幸福地生活在一起，你从中读懂了什么？

面包里的金币

名师导读

哈努和尼罗都是牧羊人，对于金钱，他们有着各自不同的想法。一个希望年轻时成为有钱人，任意挥霍；而另一个则希望年老的时候有一点钱就可以了。不同的观点，造就了他们完全不同的人生。小小的故事蕴含大大的道理：谦让和感恩是一种发自内心的爱，也是生活的哲学与智慧。懂得谦让和感恩的人，不仅能拥有美好的生活，甚至还会有很多意想不到的收获。

很久很久以前，有两个放羊人，一个叫尼罗，一个叫哈努。他们是总角之交，不论什么事，都相互商量。

有一天，他们路过一个庄园，看见里面有许许多多的羊，数也数不完。尼罗露出羡慕的表情，叹了口气，说："羊真多啊！要是我能有那么多羊该多好呀！……这个庄园主一定很有钱啊！"

哈努点点头说："是的。不过，现在我们还很年轻，想这些不太好吧。我想，年老时，有点钱倒是必要的。"

尼罗说："我和你的想法不一样。年轻时有钱，可以无拘无束，尽情享受，这样总比年老时有钱更实惠一些。"

两人话音刚落，突然出现了一个头戴红帽，身材矮小的老人。他面目慈祥，笑容可掬，站在两个人的面前。

老人拿出一只红颜色的钱袋，放进去一枚金币，对尼罗说："尼罗，这个送给你吧！它能生出许许多多的金币。不过，千万不能花掉我刚放进去的这枚金币，否则钱袋就不能生出钱了。”

老人又对哈努说：“哈努，我有几句话赠送给你。你要去学一门手艺，手艺学成时，你的愿望就实现了。”❶

说完，老人就不见了。哈努听了老人的话，拜了一个铁匠为师，踏踏实实跟他学手艺。尼罗从钱袋里取出金币，开始做生意。他一面云游世界，一面收买货物，生意越做越兴旺，成为远近闻名的大财主。

尼罗造起了富丽堂皇的住宅，娶了有钱人家的女儿，每天邀请许多宾客举行宴会，过着阔绰的生活。❷

钱，像流水似的花出去，但无论怎样大肆挥霍，却一点也不少。妻子感到奇怪，盘问尼罗，而尼罗始终没有把红钱袋生钱的秘密说出来。

妻子更加怀疑了。她害怕有一天钱会花完，就开始偷偷地存钱。不知不觉，她存的钱在屋子里已经没有地方放了。她就在院子里一株松树干上，开了个洞，把很多很多金币塞进树干里，然后将外面封起来。外人一点也看不出有什么异样。不幸的是，妻子还没来得及告诉尼罗松树里藏钱的事，就猝然离开了人世。❸

尼罗继续过着纸醉金迷的生活。渐渐地，他把钱袋里那枚生钱的金币忘记了，不知什么时候就把它花掉了。尼罗的红钱袋不再生出钱了。

❶ 神秘老人的出场，是福是祸？给两个人带来怎样的人生路？

❷ 作者寥寥数语，就将尼罗奢侈的生活刻画出来，讽刺了那些有钱就大肆炫耀、虚荣的人。

❸ 尼罗妻子偷偷地存钱，为下文埋下伏笔。

❹ 与上文的奢侈生活形成鲜明的对比，更突出了尼罗生活的悲惨。他真是自作自受。

真是祸不单行，坏事接二连三地发生。生意衰败，房屋坍塌，尼罗陷入了困境。没多久，他开始借钱了。最后，因为偿还债务，只好把所有的产业都变卖出去。尼罗变成一个流浪汉，从这个村庄到那个村庄，开始了乞讨的生活。❹

哈努从清早干到傍晚，勤奋地工作着，成为一个很有本事的铁匠。他和一个穷苦人家的女儿结了婚，生下了几个孩子。日子过得虽然不是很富裕，但有吃有穿，幸福、快乐萦绕着他们。为了让妻子和孩子过得更舒服些，哈努建造了新房子，而新房子就造在尼罗住宅的旧址上。

一天，一个可怜巴巴的男人进来乞讨。善良的哈努让他进屋，做了许多好吃的饭菜招待他。交谈中，哈努才得知他是尼罗。两人各自谈了许多分手以后的事情。

尼罗毫无保留地讲了自己的过去。哈努也把自己心爱的孩子叫来给尼罗看。

哈努为做工作台，想要砍院子里的松树。尼罗看见这株松树，触景生情。“亲爱的朋友……唉，这株松树，从前是在我的院子里。瞧！这儿还留着我随手刻下的花纹呢！”尼罗指着树靠近根的地方说。

松树被砍倒了，从树干里掉出许多许多金币。两人都吓了一大跳。但哈努马上说：“尼罗，这金币是从你家的树里掉出来的，是你的，快拿走吧！”

可是，尼罗一点儿也不高兴，说：“都是钱惹的祸，我

再也不想要钱了。”尼罗坚决不肯收下这些金币。

哈努叫妻子做个面包，悄悄地把这些金币放进面包里。第二天早上，尼罗带着大面包，向哈努告别了。

尼罗背着沉重的面包走得大汗淋漓，十分口渴，便走进附近一个农民家里。农民请他喝啤酒，却不肯收钱。于是尼罗把面包留下，代替啤酒钱，悄悄走了。

这家农民的妻子，想到曾经向哈努家借过一个面包，马上就把面包送到了哈努家。

哈努的妻子发现给尼罗的面包又回来了，大吃一惊。她想，尼罗还是会回来的，我就暂时保存吧。可是，不久以后，他们得知尼罗死了，金币就属于哈努家了。

这样，哈努到了年老时，成为一个有钱的人，正如他当年放羊时希望的那样。

日积月累

总角之交　无拘无束　笑容可掬　踏踏实实　云游世界　阔绰　大肆挥霍

纸醉金迷　祸不单行　接二连三　毫无保留　触景生情　大汗淋漓

延伸思考

1. 哈努和尼罗有着怎样不同的想法？老人是如何让他们实现愿望的？

2. 哈努和尼罗最后的结局怎样？对此，你有什么感想？

一棵白菜

名师导读

一对老夫妻为了一棵白菜，吓得胆战心惊，魂不守舍。而菜园的女主人选择了一种更合适的方式——换，解决了餐桌上菜品单一的问题。现实生活中，我们做事情要讲究方法。如果想通过不切实际的方法达到目的，终究会失败。同时，我们也应该认识到邻里和睦相处的重要性，俗话说，“远亲不如近邻”嘛。

在地中海的海边，有一座古老而破旧的房子，房子里住着一对老夫妻。两人靠打鱼为生，日子过得又穷又单调。每天，渔夫撑着一条破船到海上打鱼；老太婆则在家做家务，等着煮鱼填饱肚子。

海上风高浪急，渔夫的破船在海浪上漂来漂去，随时都有可能翻了。那张破渔网已经用了十年，破旧不堪，稍微大一点儿的鱼，就会撕破渔网。可是，家里实在太穷，渔夫买不起新船和新渔网。

就这样，日复一日，年复一年，两人吃了很多年鱼，实在是乏味极了。

有一天，渔夫又带回几条鱼。老太婆看了看鱼，忽然叹了口气：“哎，每天除了鱼还是鱼，我真的吃厌了。我多想吃点儿白菜呀！”

渔夫听完，眼泪流下来了。当年老太婆嫁给他时还是妙龄少女，这么多年不知疲倦地操劳家务，黑发变成了白发，原本细嫩白皙的额头添了无数的皱纹。渔夫安慰道：“老太婆，以后我们会吃到白菜的，今天我们就吃鱼好了。”

老太婆又说："我看邻居家种了很多白菜，又大又圆，简直像头小猪。能不能弄棵白菜来，哪怕一棵也是好的。"❶

渔夫为难地说："那白菜是邻居家的，咱家又没有种。"

"可是，我现在就想吃。天天吃鱼我实在受不了了。"老太婆哀求他。渔夫心里也很急躁，就顶撞了老太婆："那我也没有办法，只能吃鱼啦！我去把网撒开，晾干。"

渔夫走出屋子，站在门外，又不禁自责起来。心想：我这可怜的老太婆，当年丝毫不嫌弃我家里穷，主动要求嫁给我。几十年来，我们风雨同舟，患难与共，我却不能让她吃上一顿白菜，真是对不起她了。想到这里，渔夫更加愧疚了，自言自语道："我不是可以到邻居家的菜园子里偷一些吗？就这一次，黑夜里是不会有人看见的。"渔夫决定就这样做了。于是，他悄悄沿着小路，向邻居家的菜园子走去。❷

渔夫来到海边的菜园。查看一下四周的动静，没有什么异常。海风微微吹拂着园子，远处海浪低沉的啸声好像在说："没有动静，快去吧！快去吧！"

渔夫壮了壮胆子，蹑手蹑脚地从西面钻进菜园。满地的白菜，一棵棵株型紧凑，好像快要出嫁的姑娘，害羞地把全身包得紧紧的。渔夫刚弯下腰，正想去拔一棵大白菜，忽然，他看见菜地东头有一个女人也弯着腰，好像在看护白菜。他大吃一惊，来不及拔白菜，转身就跑，生怕女主人追过来，认出自己。

渔夫气喘吁吁地跑回家。刚一进门，看见老太婆也神色慌张地跑进家。她脸色发青，瑟瑟发抖，像一片在秋风中飘过的枯叶。渔夫心想：就为了你，我去偷白菜。多亏我跑得快呀，要不就被女主人逮着了。你跑哪去玩了？他心里很生气，大声地说："你去哪了？"

老太婆支支吾吾，最后才说：“我去邻居家园子里偷白菜了。”原来渔夫走后，老太婆也很后悔，心想：我的老头子，整天在海上劳累，拼命打鱼维持生活，我却和他吵架，真是不应该呀！我要请他吃白菜，哪怕一次也好呀。老太婆就想趁天黑到邻居家偷一棵白菜，回来给丈夫炖汤喝。

“你怎么也去偷白菜了？偷到没有？”渔夫接着说。

“没有。我跑到菜园子里，刚想弯腰割白菜，看见邻居家的男主人在地头弯腰坐着，我就逃回来了。我拼命地跑哇，跑哇，直到现在还在发抖呢！”老太婆哆哆嗦嗦地说。❸

正在这时，他们忽然听见有人敲门。渔夫打开门，敲门的正是邻居家的女主人。老夫妻当场面色苍白，两腿打战，不知道说什么好，只站着发呆。

女主人笑了笑，很客气地说：“你们还没睡吧？我想请你们帮个忙。”

“什么忙？”老夫妻俩互相看了看，很不解地问。

女主人说：“我们家每天除了白菜还是白菜，早就吃腻了。我们都想吃一点儿鱼，换换口味。你们能给我们一条做个鱼汤吗？”

渔夫高兴地点头：“你拿吧拿吧！今天的鱼非常新鲜。”

女主人拿了一条鱼又说：“我不能白拿你的鱼，这是我从地里拔的最大的一棵白菜。以后咱们两家，可

❶把一棵普通的白菜描写得这么生动，突出了老太婆对白菜的喜爱之情。

❷老夫妻的决定，虽然不值得赞成，但是他们都为对方考虑，也让我们看见他们彼此之间深切的爱。

❸精彩、生动的语言、神态、动作描写，把老夫妻偷菜的情景刻画得淋漓尽致，让读者有仿佛身临其境的感觉。

以用白菜和鱼换着吃，这样就可以调换一下口味了。”

说完，女主人拿着鱼，转身离开了。

老夫妻两个人面面相觑，不知道说什么好。愣了一会儿，渔夫长叹一声，说道：“还是邻居聪明多了，知道用白菜换鱼，而咱俩竟然没有想到这个办法。老太婆，你是从哪一面进入菜园子的？”

“从东面。”老太婆不解地看着他。

“就是说羞耻心蒙住了我们两个人的眼睛。我是从西面进的园子。我们两个人都没有认出来，只是受了一场虚惊。要是向邻居要一棵白菜，事情就简单多了。做人还是诚实的好呀。”渔夫慢慢地说。

这天晚上，两个人用女主人拿来的白菜，炖了半锅喷香的白菜汤，美美地吃了一顿。

从此，老夫妻想吃白菜的时候，就到邻居家拿鱼换白菜。邻居也经常过来，用白菜换鱼。两家和和睦睦地生活着，你来我往，海滩边的欢声笑语更多了。

日积月累

风高浪急　破旧不堪　不知疲倦　风雨同舟　患难与共　蹑手蹑脚　气喘吁吁　支支吾吾　哆哆嗦嗦　和和睦睦　欢声笑语

延伸思考

1. 渔夫和老太婆在吃厌了鱼后是怎么做的？你赞成这种做法吗？

2. 邻家的女主人是怎么解决吃厌了白菜的问题的？

白百合

名师导读

这个故事充满了助人向上的力量。主人公阿丝赛娜是一个善良、勤奋、坚强、热情、美丽的姑娘，她非常乐于助人。而正是因为她身上具备这些优点，所以才得到了上天的眷顾，拥有了一大片漂亮的白百合。由此可见，一个人只要心存善良，勤奋而努力，就一定会美梦成真！

很久很久以前，有一位善良、美丽的姑娘叫阿丝赛娜。在她很小的时候，母亲就去世了。她和父亲住在乡下河边的一个小屋子里。屋前有一块空地，阿丝赛娜在那里种了许多花草。每天早晨她都给花草浇水，按时施肥、捉虫，照管得特别精心。这里成了一个可爱的小花园。

有一年，阿丝赛娜居住的地方发生了罕见的大旱，几个月没下一滴雨。小河干了，地皮裂了，小鸟飞向了凉爽的地方。草呀，树呀，全部枯萎得低下了头。

在这段日子里，阿丝赛娜每天提着水桶去井里打水，回来浇院子里的花草。一天，阿丝赛娜浇完花草，累得筋疲力尽，走到家门口坐下，不一会儿，就睡着了。

不久，一位老人从这里路过。他看见睡着的阿丝赛娜，轻轻地叫道："姑娘，天太热了，我渴得要命。请给我一碗水好吗？"

阿丝赛娜听到叫声，睁开眼睛，微微一笑，亲切地回答："那好办！请稍等一会儿，我去井里打水。您累了吧，请家里坐！”

阿丝赛娜拖着疲惫的身体，提着沉重的水桶，步履蹒跚地去井上打水。老人想，这真是个坚强、善良的好孩子。阿丝赛娜好不容易提着水桶从井上回来。她对老人说：“让您久等了，我去拿杯子来！”一会儿，她拿来一个像大酒盅一样的玻璃杯，杯身晶莹通透，漂亮极了。阿比赛娜在杯中盛上清凉的井水，端给老人喝。❶

“哦，真好喝！有生以来我第一次用这样漂亮的杯子喝水。”老人一口气喝完，不停地说。

阿丝赛娜说：“我也不常用这杯子，因为它是妈妈的遗物。”老人听了这话，手一抖，杯子掉在地上碎了。

“啊呀！”阿丝赛娜和老人同时喊了起来，带着遗憾的表情互相看了看。不过，阿丝赛娜马上平静下来，安慰老人道：“您别着急！我会再买一个一模一样的。”听了这话，老人握住姑娘的手说：“珍贵的杯子碎了……不过，明天早晨，院子里会出现奇特的景象，无限的喜悦会取代现在的悲伤。”说完，老人拿着碎了的玻璃杯走了。❷

第二天，阿丝赛娜早早起床来到院子里。老人的话应验了。她看到一只漂亮的玻璃杯，杯子附近是一大片白百合。洁白无瑕的花儿竞相开放着，在朝阳的映照下，闪闪发光。多么漂亮！多么美丽！多么芳香！

百合花香吸引了附近的人们。他们都来看这罕见

❶ 通过“拖着”“提着”“步履蹒跚”“盛上”“端给”等描写，将一个勤劳、善良的小女孩的形象鲜活地呈现在读者面前，给读者留下了深刻的印象。

❷ 就算是妈妈留下的遗物被老爷爷打碎了，阿丝赛娜也能原谅。她的纯真、她的善良，怎能不让人为之动容？

❸ 白百合有着清新、脱俗的外表，洁白的颜色被很多人喜欢。它在西方被誉为“圣母之花”，在人们心目中的地位很高，所以人们常用白百合来象征神圣纯洁的事物。而阿丝赛娜就是这样一个纯洁、善良、美丽的姑娘，赠予她白百合绝对是名副其实。

的花和善良、热情、美丽的姑娘。

“多么漂亮的花，真好看！”“这么多像小喇叭的花，从没见过！”“这花叫什么名字呀？”“叫阿丝赛娜（白百合）吧！”③

现在，在葡萄牙的田野里，这种白百合是最美丽的花呀。

日积月累

遗憾　筋疲力尽　疲惫　步履蹒跚　洁白无瑕　闪闪发光　罕见

延伸思考

1. 老爷爷把阿丝赛娜妈妈留下的杯子碰坏了，阿丝赛娜是怎么做的？你觉得阿丝赛娜是怎样的孩子？
2. 老爷爷走后，阿丝赛娜得到了怎样的惊喜？

国王和编筐人

名师导读

“一天编一个筐，既还债又得利息，养活九口人。”这句话出自聪明的编筐人之口。在受到国王指责的时候，他用聪明才智化险为夷，既得到了一千镑钱币，又得到了首相的位置。这是怎样的一个故事呢？明智的人遇事沉着冷静，处理矛盾会从长远的利益出发，做出一个对双方都有利的决策。

从前有个国王，他经常收到大臣的礼品。大臣们在国王面前总说些国富民强的奉承话。❶

一天，国王扮成平民去探访民情。刚走进一条小巷，就听到一阵优美的竖琴声。寻着琴声，他来到一户人家的门前。

“晚上好！”国王走进门，对弹琴的人说，“你的琴声太美妙了！”

“欢迎你！”弹琴的人马上站起来，给陌生的客人让座，并请他吃东西，喝麦酒。

国王坐下，喝了一点麦酒，便问：“你是做什么工作的？生活得怎么样？”

“先生，”弹琴人回答说，“我是编筐的，一天编一个筐，既还债又得利息，养活九口人。”

国王听了迷惑不解，心想：一个筐子不值几个钱，怎么又还债又得利息，还养活九口人呢？于是开口问道：“你这话怎么讲呢？”

编筐人微微一笑，把他带进旁边的一间屋子，指着床上躺着的两个老人说：“父母把我抚养大，现在他们老了，我得赡养他们，这是还债。”

然后他又把国王带回原来那间屋子，指着正在嬉戏的五个孩子说：“我现在得养育他们。等我老了，他们得养活我，这就是利息。两个老人，五个孩子，加上我和妻子，不正是九口人吗？”❷

国王恍然大悟。他低声把编筐人叫到身边，偷偷地亮出了胸前的王牌。编筐人大吃一惊——站在他面前的竟是国王。他赶紧给国王跪下，请求国王饶恕他的不知之罪。

国王连忙把他扶起来，说：“别怕，我不会伤害你。我只有一个要求：刚才对我说的那些话，除非当着我的面，否则不许对任何人说起。如果你说出去了，小心你的脑袋！”

“遵命，国王陛下。祝您长寿！”编筐人恭恭敬敬地说。

国王回宫后的第二天，就把十二个大臣召到大殿，对他们说：“你们个个聪慧过人，我这里有句话想让你们解释解释：一个人一天编一个筐，既要还债又得利息，养活一家九口人。谁在三天之内回答出来，我就封他为首相。”

十二个大臣面面相觑，不得其解。经过一番苦思冥想，他们一致断定这句话肯定不是国王自己想出来

❶ 虽然作者只写大臣给国王送礼品，说奉承话，却足以表现出他们的碌碌无为。

❷ 多么睿智的解答呀！还债是赡养父母，是一种义务；利息是抚养儿女，是一种责任。

的，而是他在外面听到的。于是，十二个大臣分头到大街小巷去寻根问底，终于找到了那个编筐人。❶

“昨天晚上有一个先生来过你家吗？”

“是的，他是国王，我们聊得很投机。”

大臣们如释重负，喜上心头。又问：“是不是你讲过一天编一个筐，既还债又得利息，养活九口人？”

“是。”

“这句话是什么意思？”

“国王叮嘱过我，除非当着他的面，否则对谁也不能说。”

“给你十镑钱币，你就告诉我们吧！”

“我不要，”编筐人拒绝道，“不管你给什么，我都不能讲。”

大臣们急得团团转，一心想从他嘴里得到答案，钱币加到了一百镑，可是编筐人还是摇头不肯讲。最后大臣们拿出一千镑钱币。

望着闪闪发光的钱币，编筐人动心了：有了这些钱，全家老少都有好日子过了，即使杀头我也情愿。

于是，他收下了这笔钱，把那句话的意思解释给大臣们听。❷

大臣们如获至宝，在国王面前争先恐后地回答他提出的那个问题。

国王听后，心想：一定有人帮助过大臣，不然他们怎么能够答对呢？国王连忙差人把编筐人找来。

❶通过大臣们的反应，侧面描写出编筐人的聪明，达到事半功倍的效果。

❷为了全家老少都能过上好日子，编筐人失信于国王，把这句话解释给大臣们听。他一定会为此受到国王严厉的惩罚。我们都为编筐人捏了一把汗。

❸语言、动作、神态的描写让我们看到了一个机智勇敢的编筐人。面对国王的指责，他并没有慌张，而是利用自己的聪明才智，想出了有效的应对办法。至此，我们才松了一口气。

“我不是告诉过你，除非当着我的面，否则不能对任何人说起那句话吗？”国王愤怒地责问编筐人，“既然你不守信用，就把你拉出去斩了！”

“国王陛下！”编筐人不慌不忙地说，“我并没有失信，我就是遵照您的要求，当着您的面说的，而且不止一次，而是一千次。”

说着，他把随身带来的一千镑钱币一一掏出来，指着钱币上国王的头像说：“国王陛下，您瞧，这不是您吗？一次，两次……我整整见了您一千次，才告诉他们的。”③

国王听了转怒为喜，不但免去了编筐人的死刑，而且对他大为赞赏，封他为首相，并解除了十二个大臣的职务。

日积月累

国富民强　迷惑不解　大吃一惊　苦思冥想　寻根问底　如释重负　如获至宝　争先恐后

延伸思考

1. 编筐人说的“一天编一个筐，既还债又得利息，养活九口人”是什么意思？
2. 编筐人是怎样做到既不失信于国王，又告诉大臣这句话的意思？

公理的地位

名师导读

骄横跋扈的公爵看中了一处田园，想要占为己有。但这是农夫祖祖辈辈生活的地方，农夫不肯退让。有钱有势的公爵与法官狼狈为奸，强占了农夫的田舍。农夫毫不屈服，为公理敲响了丧钟，惊动了国王和全城的百姓。最终，国王迫于无奈，站在了公理的一边。故事没有空洞的说教，而是借助生动的细节，运用对比、讽刺等表现手法，形象化地把人性的两面展示出来，让读者自己去思考和体味。

很久很久以前，有一位有钱有势的伯爵。他的城堡坐落在山顶上，四周有高墙，墙角有岗楼，墙外有又深又宽的护城河。

伯爵骄横跋扈。他曾说过：“在我们王国里，我的城堡最高，我的黄金最多，我在爵臣中地位最显赫，我想做的事情必须马上办到。”

有一天，伯爵巡视领地，看到山下有个小田庄——绿荫笼罩下的一处简陋的农舍。他望着这小小的茅屋、高高的草垛、漂亮的篱笆和成群的家禽，禁不住动了心：多么幽静的地方，多么美丽的田舍啊。❶

伯爵策马奔农舍而去。他对这家主人说：“这块地方我看中了，把它卖给我吧！”

农夫说：“大人，我不能卖。这是我家祖祖辈辈生息的地方，我想在这儿安度晚年，我的子孙也要在这儿生活。您想想看，我怎么能把它卖给您呢？请您宽恕。”

“真不识抬举！”伯爵高声吼叫起来，“你竟敢和最显赫的伯爵顶嘴！我限你明早答应我的要求，不然你会倒霉的！”说完伯爵调转马头，扬鞭离去。

农夫没有被吓倒，只是无可奈何地摇摇头。他想：只要坚持到底，就不怕伯爵的威胁。❷

第二天一早伯爵又来了。他远远地不耐烦地喊道：“喂，农夫，你想好了吗？快把房子卖给我吧！”

农夫客客气气地行了礼，然后回答说：“大人，对不起，田舍我不能卖。”

伯爵冷笑道：“既然你不卖，那就等着白送给我吧！”说完他扬起马鞭，狠狠抽了几下坐骑，怒气冲冲地直奔法庭而去。❸

法官们看见伯爵，一个个唯唯诺诺，卑躬屈膝。伯爵对他们大声发号施令：“我要买下农夫的田庄，立刻给我办好！”

法官们齐声说：“伯爵大人，这件小事好办，我们马上就办！”❹

法官们把农夫传来，不容分说，就斥责他：“你这混蛋！为什么这样顽固？伯爵买你的田舍，你竟敢拒绝。现在还为时不晚，快把房子卖给大人！”

农夫说：“我不同意。这是我祖祖辈辈生活的地方。法官先生们，你们是有学问的人。请想想，我怎么能把房子卖掉呢？”

❶ 对伯爵骄横跋扈的刻画和对优美田园风光的描写为下文伯爵的强抢埋下伏笔。

❷ 在特定的环境下，一个人坚持自己的原则，更能体现他的执着与坚守。

❸ 这里通过语言、动作描写凸显伯爵的骄横跋扈，目中无人，为下文情节的反转做铺垫。

❹ 法官们这种阿谀献媚、虚伪造作的嘴脸实在令人作呕。

法官们若无其事地说："你真是鬼迷心窍。如果伯爵大人愿意，他完全可以直接把你赶走。但是伯爵大人最讲公理和正义。他已交代让我们秉公处置，现在就让我们来裁决这场纠纷。"❶

❶通过神态、语言描写，把法官们与伯爵狼狈为奸的丑恶嘴脸刻画得淋漓尽致，讽刺的意味十足。

农夫反驳说："大人，这里根本没有纠纷！他有他的城堡，我住我的茅舍，井水不犯河水，事情一清二楚。但是，如果非要付诸法律，就请你们主持公道吧！"

法官们开始审理"案件"了。他们审了一天又一天，一周又一周，没完没了。伯爵倒无所谓，指派了一个忠顺的仆人来。这个人不遗余力地替主人办事。农夫却吃不消：田地等他去耕，烧柴等他去拉，牲畜要他去喂……他心急如焚，坐卧不宁，一天天消瘦下去。但是他仍然毫不屈服，不肯让步。

❷即使法官们与伯爵同流合污，但农夫仍不屈服。不屈服的是他那坚强、善良、朴实的可贵品格，也是屹立不倒的公理。

一天，伯爵的仆人把一袋钱递给法官，说："大人，这是诉讼费用。你们审理案件公正无私，十分辛苦！"

❸敲钟人为农夫鸣不平，从中我们看到了人性的善良，社会的温情。

法官们对农夫说："你的呢？"

农夫说："我没钱，我也没请你们来审理我的房产问题。我为什么要花钱呢？"

法官们立即作出不公正的判决：房产属于伯爵，农夫马上离开，远走他乡。

农夫非常气愤地说："法官先生们，你们怎么可以作出这样错误的判决！如果天上有公理，有法官，他会惩罚你们的！"

法官们听了大笑不止。首席法官说："别做梦了，土包子！天上哪里还有什么公理？公理早就死掉了！”

“噢，真是不可思议。有过公理，可现在没有了。”农夫感慨地说。

“滚！赶快滚回家收拾东西吧！”法官们说，“伯爵老爷一旦失去耐性，没有你好果子吃的！”

农夫愤怒地离开了法庭，向国王住的城堡走去。他来到离王宫不远的一座大教堂旁，找到了住在这里的敲钟人。❷

敲钟人问道：“你有什么喜庆的事情吗？是儿子结婚，还是爱女出嫁？你是让我敲起欢乐的钟声通知人们来参加婚礼吗？”

农夫摇了摇头，痛苦地回答说：“不，我是来报丧。”农夫把自己的遭遇从头到尾叙述了一遍，说，“请你帮忙，把大钟小钟全都敲响，就像国家死了大人物那样，为死去的公理敲起丧钟！”

敲钟人为农夫鸣不平，把大大小小的钟全都敲了起来。洪亮的钟声响彻全城，震荡四面八方。大家都涌上街头，相互询问：“怎么了？谁死了？为谁送葬？”

敲钟人仍在不停地敲钟。钟声呜咽，响遍四方。❸

国王也听到了钟声。他问身边大臣：“谁死了？这是在为谁送葬？”

大臣们摊摊手，耸耸肩，不知道发生了什么事情。

国王急派差官去教堂询问。广场上已经人山人海，大街小巷全都挤得水泄不通。差官费了九牛二虎之力才挤到钟楼前，迎面遇上了农夫。差官问：“谁死了？给谁敲丧钟？”

农夫说：“公理死了。敲钟人是在为死去的公理送终。”

人群骚动，喊声四起，淹没了钟声。愤怒的人们从广场上蜂拥奔向王宫。

差官慌忙跑回王宫禀报说：“人们正在为公理敲钟送葬。他们已经向王宫这涌来了。”

人声鼎沸，人们越来越逼近王宫。国王不知如何是好，大臣们也早已慌做一团，急忙命人关窗户，锁大门。

首相比较机敏。他对国王说：“陛下，禁止和抵挡都不是良策，办法只有一个。”首相俯在国王耳边，低声讲了他的退“兵”之计。

国王穿上王袍，走出王宫，迎着人群走去。不等人们说话，国王首先开口说：“善良的人们！我已洞悉一切。公理没有死，它只是暂时睡去，我将亲自唤醒他。田舍归还给农夫，把这目空一切的伯爵和贪赃枉法的法官全都绞死。”

人们终于散去。农夫重返家园，国王也回宫执政。

过了不久，这场虚惊就被人们遗忘了。一切恢复了常态：国王在王宫里掌政，伯爵们在城堡里享乐，法官们仍在法庭上审案。

而公理，在上述这些人那里仍然没有什么地位。

日积月累

骄横跋扈　唯唯诺诺　卑躬屈膝　发号施令　鬼迷心窍　秉公处置　不遗余力

坐卧不宁　毫不屈服　公正无私　不可思议　人山人海　水泄不通　人声鼎沸

目空一切　贪赃枉法

延伸思考

1. 骄横跋扈的伯爵与农夫之间发生了一件什么事？

2. 法官和国王分别是如何判处这个案子的？故事告诉我们什么道理？

仙 纸

名师导读

这个故事以公爵落魄时得到仙纸开始，以最终深埋仙纸结束，详细讲述了公爵的生活因仙纸的到来而发生的一系列巨大的改变。故事以仙纸为主线，内容丰富，情节饱满。故事让我们懂得了：我们可以借助外力得到一些东西，但是它并不会长久；如果我们想得到永恒的幸福，就要通过自己的努力。

从前，有一个很有钱的公爵。他最喜欢旅行。他翻山越岭，漂洋过海，到过许许多多的国家。每到一个地方，他都尽情地玩个痛快。

这样过了几年，他用光了自己所有的财产。以前同他很要好的、吃他用他的亲戚朋友都离他而去，公爵不得不靠劳动赚钱糊口。

一天晚上，公爵饥肠辘辘，还没有找到个住的地方，就漫无目的地在浓密的森林中走着。忽然，他发现前面的灌木丛中有一间小小的茅屋，就走了进去。茅屋里空空的，只有一只大箱子摆在一个角落里。

“这里放的是什么呢？”公爵心里想，“也许能找到块面包吧！”

他打开了箱子。箱子里有一只比较小的箱子。他又打开第二只箱子，里面又是一只较小的箱子！他就这样一只又一只地开着，箱子越来越小了。

公爵终于取出了最后一只很小很小的箱子。他想：这样的一个小箱子，里面一定是放着金子或者什么贵重的东西了。可是打开仔细一看，里面什么贵重的东西都没有，只有一张小小的纸条。公爵伤心地摊开小纸条，念出上面的几个字:“来啊，我的仆人!”

他刚读完，耳边传来说话的声音:“您有什么吩咐，主人?”

公爵朝四周看了看，茅屋里一个人也没有。他觉得很奇怪，又说了一遍:“来啊，我的仆人!”

他又听到了响亮的说话声:“您有什么吩咐，主人?”

“给我拿点吃的吧，我饿了!”

刹那间，一张放着丰盛的晚餐和葡萄酒的桌子出现了。公爵毫不客气地吃起酒菜，把肚子吃得饱饱的。

他又拿出那张仙纸，读道:“来啊，我的仆人!”

“您有什么吩咐，主人?”

“给我拿张床来，我要睡觉了!”

这时候，一张豪华的大床，忽然出现在茅屋里。公爵手里拿着仙纸，躺在床上说:“来啊，我的仆人!”

“您有什么吩咐，主人?”

“给我一座最漂亮的宫殿吧!”

公爵的话刚说完，他就躺在一个非常奢华的房间里了。

第二天早晨，公爵在宫殿里走了一圈。这里有数不尽的房间，房间里摆着豪华的陈设。宫殿四周是美丽非凡的花园，盛开着色彩缤纷的鲜花，长着绿荫如盖的树林。不远处，一条清澈见底的河流流过。

公爵又拿出仙纸，叫道:“来啊，我的仆人!”

“您有什么吩咐，主人?”

“把我的臣仆也送来吧!”

宫殿里立刻出现了许多衣着华丽的贵族先生和漂亮的太太。仆人们都在奔忙着。❶

河对岸的山丘上有座古老的宫殿——国王的宫殿。早上，国王从窗口向远眺望时，发现了这座金屋顶的大理石宫殿，在阳光的照耀下闪闪发光。

国王召来所有的侍臣，问：“是谁这么大胆，敢在我的国土上造这样的宫殿？”

侍臣们都深深鞠躬，回答说：“我们不知道，陛下！”

国王就召来自己的将军，命令说：“你立即带领所有的将士，把那座宫殿给我毁掉！”

公爵看到开过来的军队，听到军乐声，就拿出仙纸，叫道：“来啊，我的仆人！”

“您有什么吩咐，主人？”

“给我派一些将士来，人数要比国王的多五倍，还要有大炮。”

国王的将士看到这庞大的队伍走过来，害怕得站住了。公爵披着金色的斗篷，走到将军面前，对他说：“你们到我的领地上做什么？”

将军说：“国王派我们来捣毁这座新宫殿，因为它没有得到国王的许可。”

公爵听了哈哈大笑起来，说：“您觉得可以打败我吗？而且，我还可以有更多的人。不如我们交个朋友吧！”

这正合将军的意。于是公爵把国王的将士都邀请到自己的宫殿里，盛情款待他们。公爵和将军还谈起

❶在仙纸没有被公爵读出之前，作者没有对它的神奇之处进行任何解释。但让公爵读出之后，故事的情节就变得离奇而有趣——丰盛的晚餐、豪华的大床、漂亮的宫殿、听话的臣仆，仙纸都逐一满足。

国王有一个非常美丽的女儿。将军说：“如果您能娶到美丽的公主就更好了。只是公主非常傲慢，她瞧不起任何男人。”

“没关系，我来想办法。”公爵自信地说。不久，出发的号声响了。国王的将士向公爵表示谢意，公爵也请将军转达自己对国王的敬意。

只剩下公爵一个人时，他又拿出了仙纸，叫道：“来啊，我的仆人！”

“您有什么吩咐，主人？”

“等国王的女儿睡着了，你把她带到这里，醒来之前再把她送回王宫去。”

晚上，公爵看到了美丽的公主，他非常喜欢公主。❶

第二天早上，国王朝窗外一看，勃然大怒，立刻召来将军，叱骂道：“为什么还没有把那座宫殿毁掉？”将军说：“我们打不过那个公爵，他的军队人数比我们多一百倍。不过，您可以同他交个朋友呀。”

国王脱下了王冠，拼命搔着后脑勺，嘴里说：“这个人莫非是个神仙吗？”

正说着，公主进来了。她兴奋地说：“父亲，昨晚我梦见一个穿金色斗篷的英雄。我要嫁给他！”

这时传来了军乐声。穿着金色斗篷的公爵来了，他当场向国王提亲。国王却说：“还是先看看您的宫殿吧。”

这天晚上，忙坏了那个看不见的仆人，他满足了公爵的所有要求。国王参观了宫殿和大花园，这里的豪华让他惊叹不止。第二天，公爵和公主举行了隆重的婚礼。

一天晚上，公爵又听到了熟悉的声音：“主人，现在您一切都满足了吧？”

“是啊，我现在心满意足。”

"您把那张小纸条给我吧——您已经用不到它了。"

"既然这样，那就拿去吧！"公爵想，反正这几个字我已经会背了。

公爵按照仆人说的把仙纸放在桌上，仙纸立即就消失不见了。❷

公爵同妻子像往常一样，吃饭，睡觉。天快亮的时候，公爵被冻醒了。他睁眼向四周一看，宫殿不在了，他光着身子睡在那个空茅屋里。公爵急得拼命喊："来啊，我的仆人！来啊，我的仆人！……"❸

可是，完全白费力气，听不到一声回答。

公主虽然穿着衣服，可是她也像公爵一样的痛苦。宫殿、财富、仆人，什么都没有了！公爵把一切告诉了公主，并且让她回到国王那里去。可是公主非常爱他，还是选择和他在一起。

这天早上，国王发现那座壮丽的宫殿不见了，只看到一片森林。他立刻带了随从，渡过河，走进森林，找到了一间小小的茅屋。在茅屋里，他看到了光着身子的女婿和正在痛哭的女儿。

"这里发生什么事啦？"疲倦不堪的国王问道。

公爵还没来得及详细回答，暴怒的国王就吩咐："这个坏蛋，给我立刻绞死他！"公主的苦苦哀求和眼泪都不能使国王息怒。❹

侍从们很快竖好了绞架。这时，公主偷偷递给刽子手一只金戒指，恳求他不要把公爵绞死。刽子手答

❶美丽公主的出现，推动故事情节进一步发展，这也是故事的一个转折点。

❷有魔力的仙纸消失了，公爵的生活是会一如既往，还是会有新的变化？一连串的问题引领读者向下阅读。

❸以细节刻画代替整体，夸张地描绘出公爵失去仙纸后的落魄，增强了故事的戏剧效果。

❹三言两语把国王的虚荣、势力刻画得栩栩如生。

应了。他把绳子扎在公爵的两腋下，然后挂上绞架。国王从远处看到公爵已经被吊在绞架上，就带着随从回去了。

太阳渐渐地落山了，挂在绞架上的公爵后悔不该把仙纸还给那个看不见的仆人。这时候，七辆装满了旧皮鞋的马车驶了过来。最后一辆车上坐着一个小老头儿。他穿着灰色的衣服，戴着一顶尖尖的小红帽，难看的脸上生着一对闪闪发光的小眼睛。到了绞架旁边，他打量了一下垂头丧气的公爵，哈哈大笑起来。

“你真是一个大傻瓜，所以才会被人吊在这里啊！”说着，他又幸灾乐祸地笑起来。

“为了完成你的命令，我的鞋子都穿破七车了。怎么样？要把仙纸拿回去吗，傻瓜？”小老头故意把仙纸递到了公爵鼻子跟前。

冷不防，公爵一伸手，夺过了小老头手中的仙纸，接着就喊：“来啊，我的仆人！”

马车和老人忽然都不见了，只听到一个声音：“您有什么吩咐，主人？”

“解掉我身上的绳子，把宫殿、侍臣、花园、军队……总之一切都

恢复原来的样子！”❶

第二天早上，国王看到对岸仍旧耸立着那座壮丽的宫殿。“奇怪！太奇怪了！”国王边说边召见侍臣。他们都微笑着回答说：“是的，我们看到了那座宫殿，陛下！”

国王越来越糊涂了。他带着随从来到这座奇怪的宫殿前。仔细看看，一切都像从前一样。这时候，公爵同自己的妻子已经走出宫殿，迎接国王来了。

“我是在做梦吗？”国王用力捏捏自己的鼻子，嘴里说着。

可是，一切都表明，他并不是在做梦。国王睁大了眼睛，注视着公爵，说：“我看见的是我的女婿吗？”

“当然啦，陛下！”公爵回答说。“不然还会是别人吗？”

“我不是已经把你绞死了吗？”

“啊，岳父大人，您身体恐怕不大好吧！你说是不是，亲爱的？”公爵对公主说。

“爸爸一定生病了！听他说出来的话多奇怪！”

“难道我已经被绞死了吗？谁能相信？”公爵威严地看着国王的那些侍臣，问道。

“没有人能相信的，驸马大人！”他们都回答说。❷

国王擦擦自己的眼睛，朝四周打量了一番。

“这么说，你们是对的！”国王说，“现在我已经清醒了。要是我真的绞死了英勇无双的公爵，那真是

❶公爵失而复得这里没有详细叙述，只用一句话概括。如此一来，详略得当，使故事更富有韵律感。

❷作者通过描绘众人的语言、神态，刻画出了他们的势力、虚伪。

我的奇耻大辱。”

这时候，大家都很高兴，已经没有人再去想这件事了。

公爵接受这次痛苦的教训，不再请那个看不见的仆人帮忙，而是用自己的力量去做一切事情。❶

❶随着事情的不断变化，公爵对以往有了不同的认识，这是他真正拥有幸福的开始。

后来，国王把半个国家给了公爵。因为公爵深知穷人的悲苦，所以他成了一个很好的国王，大家都很爱戴他。

有一天，那个看不见的仆人又来哀求公爵："主人，现在一切都由您自己动手了，已经不需要我的帮助了！还是放了我吧！"

"我本来可以放了你。可是，我怕你又把宫殿和其他东西收回去，那我又得上绞架了啊！所以我不能把仙纸还给你！"

"如果仙纸在您手里，也没关系。"看不见的仆人又说，"可要是落到了懒汉的手里，我就得倒霉了，我已经这样奔走了两千年了！"

他们谈判了很久，最后达成协议：由公爵秘密地把仙纸放在一只箱子里，箱子外面涂上油漆，把箱子放在二十七米深的坑里。公爵这样做了，并且用二十七块石头填平了这个坑。从此以后，公爵就同那个看不见的仆人永别了。❷

❷公爵与看不见的仆人的永别就是和不劳而获的永别。

后来，有许多人尝试寻找这只装着仙纸的箱子，一直都没有找到。

日积月累

漂洋过海　漫无目的　毫不客气　绿荫如盖　色彩缤纷　清澈见底　勃然大怒　惊叹不止　疲倦不堪　英勇无双　奇耻大辱

延伸思考

1. 公爵是怎样得到仙纸的？

2. 仙纸有什么稀奇的地方？最后仙纸到哪去了？

金跳蚤

名师导读

珠宝商面对金跳蚤的诱惑，贪婪的本性暴露无遗，最终却让自己变得一无所有。生活中有许多人，往往并不满足自己已有的东西，而是贪心想得到更多。但事实上，他们的行动往往是竹篮打水，不但什么也得不到，而且会失去自己现在所拥有的。欲望一旦蒙蔽了头脑，就会干出得不偿失的傻事。

法国有一座城，城西有个小姑娘叫玛若莉。因为家里很穷，她每天吃不饱穿不暖，瘦得弱不禁风。玛若莉和妈妈、妹妹住在一间租来的小房间里。房间没有窗户，一天都照不到阳光，所以跳蚤特别多。每天夜里，跳蚤总要成群结队地爬到她们身上来吸血。❶

妈妈看见可怜的女儿们生活得这样苦，心里难过极了，常常向神祷告："神灵保佑，让我的孩子过上幸福的生活吧。"

有一天夜里，玛若莉梦见幸福降临了。第二天醒来，她发现地上有很多跳蚤。伸手一抓，这些跳蚤身上发出一闪一闪的光芒。玛若莉兴奋极了，赶快摇醒妈妈："妈妈，妈妈，快看，金跳蚤！金跳蚤呀！"

"哪来的金跳蚤？"妈妈在睡梦中醒来，揉揉眼睛，朝地下一看，惊叫道，"啊！金跳蚤！果真是金跳蚤！"

妈妈立刻起身，小心翼翼地把地上的金跳蚤一个一个捡起来，说："宝贝儿，我们把金跳蚤卖了，就能有好吃的了。"由于身体太虚弱，刚说完话，

她眼前一黑，就栽倒在地上。❷

玛若莉一步冲上去，扶起了妈妈，说：“妈妈，我去卖金跳蚤，再给你和妹妹买些吃的。您先休息一下吧！”

“好吧，也只能这样了。”妈妈无奈地点了点头。

玛若莉双手捧着金跳蚤，兴高采烈地来到城东珠宝店。贪婪的店主虽然已是全城的首富了，但还是想尽办法坑害别人，赚黑心钱。

一看见衣衫褴褛的玛若莉走进店门，珠宝商立刻大嚷：“快滚出去。吓跑了我的顾客，我要你的命！”❸

玛若莉被骂得脸涨得通红。但为了妈妈和妹妹，她强压着愤怒，无可奈何地装出一副笑脸：“先生，我是来卖金——跳蚤的。”说着，伸出握着金跳蚤的手。

“啊，金跳蚤！请进，快请进。”珠宝商一见金跳蚤，脸上立即堆满了笑容，暗自窃喜：今天一定要大赚一笔。“小姑娘，这些金跳蚤我都要了，每个一法郎，怎么样？”他欺负玛若莉不懂得做生意，拼命压低价格。

“一法郎一个？手上这么多金跳蚤，值好几十个法郎呐，我们再也不会挨饿了。”想到这里，玛若莉高兴地跳起来，说道：“行啊，行啊！”

珠宝商生怕玛若莉变卦，赶忙点清金跳蚤，把钱塞给玛若莉，对她说：“小妹妹，如果你还有金跳蚤，就拿到我这儿来吧。我会全部买下的。”❹

❶恶劣生活环境的描写，渲染出一种悲凉的气氛，反映出玛若莉生活的艰难。

❷从“赶快摇醒”“惊叫”“小心翼翼”“捡”这些词中，可以看出玛若莉和妈妈看到金跳蚤后的兴奋之情，人物刻画得活灵活现。

❸通过语言描写，把珠宝商的势利小人的丑恶嘴脸刻画得淋漓尽致。

❹珠宝商客气的言辞下，掩盖的是狡诈、贪婪的用心。此处运用神态、语言描写，把珠宝商的口是心非、阴险贪婪表现得淋漓尽致。

玛若莉接过钱，使劲点点头，然后蹦蹦跳跳地跑去买食物了。

这一天，玛若莉一家三口不但吃上了从来没吃过的好东西，而且还穿上了漂亮的新衣服，过上了她们有生以来最快乐的日子。跳蚤们仍然来吸她们的血，第二天早上，她们又会看到遍地的金跳蚤。

做了几次买卖后，珠宝商奇怪了：这个小女孩怎么会有那么多金跳蚤呢？于是，就向玛若莉打听起来。诚实的玛若莉就一五一十地把真相全告诉了他。❶

谁知这么一来呀，厄运就落到她们头上了。❷

一天，玛若莉和妈妈、妹妹正在吃饭。忽然几个大汉闯了进来，对她们说：“喂，我们东家已经把这间房子买下了，你们赶快滚蛋吧！”

玛若莉看着凶神恶煞的大汉，拉着妈妈说：“妈妈，那我们住到哪里去呢？还有那些跳蚤怎么办呀？”

“傻孩子，”妈妈笑着，轻轻地安慰女儿，“做人不可太贪心。我们攒下的钱已足够过好日子了，咱们走吧！”妈妈拉着两个女儿搬走了。

珠宝商迫不及待地想得到金跳蚤，当天夜里就搬到破屋来睡觉。半夜里，跳蚤果然来了，跳到他身上拼命地咬呀，吸呀。这滋味实在是太难受了。可是一想到天亮就会得到金跳蚤，珠宝商咬紧牙关坚持着。

好不容易挨到天亮，珠宝商顾不得被跳蚤咬得又红又肿的身子，跳起来满屋子寻找，谁料竟连金跳蚤

❶ 善良诚实的玛若莉毫无戒心，这也为珠宝商的阴谋顺利实施扫平了障碍。

❷ 设置悬念。到底是怎样的厄运降临？激发读者阅读的兴趣。

❸ 贪婪的珠宝商得到了他应有的下场，这样的结局大快人心。

的影子都没见到，只好垂头丧气地回到家里。他想看看收藏的金跳蚤。打开柜门，成千上万的跳蚤蜂拥而出，跳得他身上、家具上、地板上、珠宝店里里外外、上上下下到处都是。哪里还有什么金跳蚤。

原来，玛若莉卖给珠宝商的金跳蚤都变回来了。珠宝商眼睁睁地看着满地的跳蚤，顿时傻了眼，一句话都说不出来。③

日积月累

弱不禁风　成群结队　衣衫褴褛　蹦蹦跳跳　一五一十　凶神恶煞　迫不及待

延伸思考

1. 玛若莉的金跳蚤是怎么来的呢？
2. 珠宝商最终得到金跳蚤了吗？你从中读懂了什么？

满满一袋金币

名师导读

贫穷、迂腐的农民全然没有发现恶魔的险恶用心，与恶魔签下了出卖灵魂的契约。而农民的妻子凭着智慧战胜了恶魔，收获了“满满一袋子金币”。这个故事告诉我们：在与人交往的时候，要勤于动脑，懂得保护自己，更要慎重地做出选择。在与恶人交手时，要针锋相对，不能心慈手软。

从前，有个贫穷的农民。他有十个孩子，生活十分困苦。

那一年，老天爷作对，过了五月降下一场严霜，把正抽穗的小麦全糟蹋了。播下七升种子，只收到两把小麦，不用说做面包，就连明年的种子也不够了。❶

农民不得不去借钱，不久就借了一百个银币。可是，借钱的人必须在规定的期限内还债，否则就要倒大霉了。而倒霉的日子往往一转眼就来了。

农民走投无路，想起山上有一块叫“魔桌”的岩石下有好多金币，决定去碰碰运气。魔桌在山林深处的一个阴暗角落里，四周一片凄凉。

农民站在桌前，心想：岩石下的金币都是属于恶魔的。我求求他，也许他肯把钱借给我吧。

“喂——”

刚叫了一声，他就没有呼唤恶魔的勇气了，瘫坐在地上。可是想到忍

饥挨饿的妻子和孩子，他不得不大声呼唤起来。恶魔果然出现了。❷

农民脱下帽子，一边恭恭敬敬地给恶魔鞠躬，一边哆哆嗦嗦地说："您能开恩借给我一百个银币吗？如果能开恩，我真是感激不尽……"

恶魔满不在乎地回答说："一百个银币？这点儿钱算什么？一百个银币花完了怎么办？还是到处去借钱吗？其实，你胆子可以再大些，拿出勇气来，好好找找窍门。嗯！和我签订个契约怎么样？"❸

"签订契约？……"

"一百个银币，现在就给你。你回家准备一个最大的口袋，我用金币把你的口袋装得满满的。什么时候给你呢？就定在圣诞节晚上九十点钟吧。"

"我用什么来回礼呢？"

"回礼吗？也不是什么了不起的东西。我就要维持你生命的东西——灵魂。满满一袋金币换取你的灵魂，怎么样？你不吃亏吧。来，签契约吧。"

"唉，唉——这事来得太突然了，我得和妻子商量一下……"

"胡说什么！大笨蛋！这么简单的事也要跟老婆商量？要签契约的话，现在就签。如果你老婆以后不满意，也就是说说我的坏话罢了。"

农民一点也不明白出卖灵魂是怎么回事，会造成怎样的后果。在恶魔再三催促下，他迷迷糊糊地签订

❶ 真是"屋漏偏逢连夜雨"，一场天灾让农民一家的处境更加艰难，为下文农民寻求恶魔的帮助做好了铺垫。

❷ 语言、动作和心理的描写，显示出了农民性格中的弱点。

❸ 恶魔利用人们在金钱面前贪婪的本性，与农民谈论签订契约的事情。

了契约。❶

农民拿好了一百个银币，高高兴兴地下山去了。日子就这样一天一天地过着。他的担心与日俱增，心事越来越重，渐渐连饭也咽不下去了。临到圣诞节的时候，他已经寝食难安。

圣诞节到了，妻子见丈夫这般模样，就问他："喂，老头子，你怎么啦？脸色这么苍白，整天像参加葬礼那样郁闷。你到底干了什么，你得对我说呀！"

"没什么，不用担心。"

"不，你一定有事瞒着我。我问你，那一百个银币是从哪儿借来的？"

"不是说过没什么嘛！"

"不可能，你最近很反常，一定有什么事。"

妻子刨根究底地追问着，农民终于把什么都坦白了。❷

妻子一听，大吃一惊："哎呀！你真把灵魂卖给了恶魔？！那可不得了！为什么不和我商量一下？"

农民只是耷拉着脑袋。妻子重新振作起来，又问道："恶魔到底什么时候把那笔钱送来？"

"今天半夜的时候，恶魔会到这里来。当时我刚说要和你商量，他就说我是笨蛋，看不起我，取笑我……"

"好啊，说和我商量就是笨蛋！我饶不了他！快说，恶魔是在这儿交钱吗？"

❶通过语言描写，更加深刻地刻画出农民是非不分、唯唯诺诺、要面子的性格特点。这样的性格引火烧身，为后来的情节发展埋下了伏笔。

❷简练、易懂的对话描写，鲜明地展示了妻子敏锐的洞察力，反映了农民内心的惶惶不安，使读者"如闻其声，如见其人"。

❸农民的妻子没有被恶魔吓倒，没有被眼前的困难吓倒，而是利用自己的聪明才智找到了解决问题的办法。

❹用比喻来对流进口袋的金币进行描绘，引发读者想象金币之多，给人留下鲜明深刻的印象，并使语言文采斐然，富有很强的感染力。

“嗯，是的。他说这袋子无论多大、多长都可以……”

“多大、多长都可以？……对了，我想出了一条妙计。”

妻子非常兴奋，信心十足。晚饭后，孩子们睡着了。她一边找出口袋一边祈求上帝的保佑。值得庆幸的是，上帝把聪明和智慧授给了这位充满信心、勇气十足的女人。❸

到了半夜，农夫一走出小茅屋，恶魔就出现了。

农夫尽力克制着浑身的哆嗦，说道：“恶魔老爷，盛金币的地方还没选好呢。”

“地方吗？哪儿都行。”

“不行呀。恕我无礼，孩子们正睡着，如果他们看到老爷这模样，一定会吓坏的……”

“你吞吞吐吐地说些什么呀，是还没有下定决心吧。”

“不是。决心已经下定了。我们到贮藏室的屋顶上去，我和老爷面对面坐在屋脊上。”

“好吧。”

两人爬上屋顶，在屋顶上开了个洞，把口袋从那儿放下去。口袋一直垂到下面的干草堆上。看到这种情景，恶魔开口了：“喂！袋子这么长！比我的胳膊还长呢！不过……袋口还算小。那好吧，照着讲好的，到口袋装满金币为止。”

恶魔发挥自己的魔力，把金币从地下的金库中呼唤出来。金币“哗哗”流进口袋里，简直像一阵瀑布。❹

过了一会儿，恶魔奇怪地问：“喂！怎么老是装不满？这个口袋太长了！”

“不，不怎么长。对我来说，这钱无论如何也不算多，因为这是我出卖灵魂的钱呀。”

“我知道！我是不会做有损我名誉的事情的！照说好的那样，装满为止！”

真是蹊跷，这口袋老是装不满。

恶魔拼命地把金币不断注入口袋。月光下，口袋仍然张着黑黑的口子。

恶魔忍不住开始嘟哝了。农民鼓起勇气说：“还差一点儿了，再加把劲！”

恶魔继续往口袋里装金币，但仍然填不满那口袋。

恶魔暴跳如雷，大叫起来：“该死的！你搞的什么鬼？！”

恶魔竖起耳朵倾听。他听到了麦子脱粒时发出的那种“沙啦沙啦”的响声，意识到这里面隐藏着计谋。❶

恶魔用震撼山林的可怕声音吼叫起来：“我知道了！我一不留神，上了女人的圈套！说女人比恶魔更坏，真是不错！我可不像你这样蠢，决不会做给你一屋子金币的傻瓜！刚才的金币就作为装不满这口袋的罚款送给你算了。我再也不想看到你这家伙了。”❷

恶魔大发雷霆，向空中飞走了。

农民高兴极了，连滚带爬地下了屋顶，叫喊道：“喂，孩子他妈，你搞的什么魔法？恶魔怎么也填不满这口袋，一气之下，滚蛋了！”

女人笑嘻嘻地打开贮藏室的门，那里的金币堆成

❶ 恶魔的心情、神态不断变化，“奇怪地问”“嘟哝”“暴跳如雷”活灵活现地刻画出恶魔的愚蠢。

❷ 通过语言描写，让我们看到了一个自以为是、自欺欺人的恶魔形象，让读者觉得可笑至极。

❸ “因为对手是恶魔，所以无论怎样捉弄它也不算罪过。”一句话道出了故事的真谛。这样的结局让我们拍手称快。

了山。

“哪有什么魔法！我只是在袋子放下来的时候，拆开了袋底的线……因为对手是恶魔，所以无论怎样捉弄它也不算罪过。快，穿上漂亮的衣服，叫醒孩子们，点上提灯，一起去做圣诞节的弥撒吧。”③

日积月累

走投无路　忍饥挨饿　与日俱增　寝食难安　刨根究底　蹊跷　暴跳如雷　震撼山林　一不留神

延伸思考

1. 恶魔与农民签订了怎样的一份契约？
2. 农民的妻子是如何捉弄恶魔的？

幸福取决于什么

名师导读

幸福是一个美好的字眼，许多人都在追求它。然而，什么是幸福？人们的理解各不相同：有的人认为幸福取决于金钱，有的人认为幸福取决于命运。最终，人们共同认可了一种说法，那就是“金钱是重要的，命运也是重要的，不过最重要的是劳动和毅力”。阿尔其岱凭借自己坚定的毅力和辛勤的劳动成为渔夫，有温柔的妻子、有可爱的孩子、有漂亮的房子，获得了幸福。

有一天，两个朋友争论不休。他们争论的是，幸福取决于什么？❶

“这还用多想吗？”一个叫喊起来，“金钱带来幸福。当初我没有钱出版我的诗篇，是姨妈猝然去世，留给我一笔遗产，我用这笔钱出了诗集。从这以后，新的作品不断问世。要不是姨妈的那笔钱，到现在也不会有谁知道我是个诗人。”

“瞎扯，”另一个抢过话头，沉着地说，“命运决定一切。我是一名歌唱家。但在我成名之前，没有人愿意听我唱歌。我只能站在海岸上，对着鱼儿唱歌。后来，露易斯伯爵恰巧听见我的歌声，邀请我到他和未婚妻的舞会上表演。我时来运转，名扬四海。这和金钱有什么关系呢？命运，我的朋友，绝对是命运。”❷

诗人和歌唱家争得口干舌燥，也没得出结果，就一同来到郊外。他们看见一座墙歪壁倒的小茅屋。一个小伙子，穿得破破烂烂的，坐在茅屋的门槛上，哼着歌曲，弹着六弦琴。

诗人和小伙子打招呼："朋友，你生活得无忧无虑啊。"

"我明天就要饿肚子了，哪儿谈得上无忧无虑啊。"

"那你为什么还在这儿弹六弦琴呢？"歌唱家问。

"这把六弦琴是我父亲留下的唯一遗产！"

诗人和歌唱家对看了一眼，不约而同地产生了一个想法：这个人可以帮助我们判断究竟什么更重要了。

他们各自从口袋里掏出五十枚小金币，送给六弦琴手。

"整整一百！"小伙子接过金币惊呼，"善良的先生，谢谢你们了。"

"先别道谢。一年以后，我们再来看看，这笔钱对你是否有帮助。"两个朋友说完，就走了。

他俩刚在大路拐角消失不见，阿尔其岱，也就是这个小伙子，就自言自语道："这笔意外之财怎么用呢？对，先去买点香肠吃。"

他小心翼翼地把钱塞在软帽的衬垫里面，向小食品店走去。

阿尔其岱还没走出几步，一只羽毛蓬松的乌鸦，从橄榄树枝头飞扑下来，伸出爪子，抓住阿尔其岱的软帽，冲上了半空。

"我的帽子！我的钱！"可怜的阿尔其岱大喊着，

❶开门见山，交代了两个人争论的话题，领起下文。

❷诗人和歌唱家都用自己的亲身经历说明幸福取决于什么——金钱或命运。似乎都有道理，却又少了些什么。

向上一窜一窜地追赶着乌鸦。❶

但是，乌鸦像是和阿尔其岱玩游戏，翅膀扑扇得更快，一转眼就不见了。

过了一年，诗人和歌唱家再次来到阿尔其岱的家，小伙子还是坐在门槛上弹六弦琴。他垂头丧气地说：“我遇到了闻所未闻的奇事，该死的乌鸦把我的幸运连同软帽一块儿抢走了，我也无能为力。”

于是，他讲述了简短而伤心的经历。

歌唱家转脸对诗人说，“为什么偏偏在阿尔其岱把钱放进软帽的时候，乌鸦就飞来抢走帽子？我说嘛，这是命运！决定幸福或倒霉的就是命运。”

“胡扯！”诗人打断歌唱家的话，“如果乌鸦不把钱抢走，阿尔其岱一定会生活得舒舒服服。可见金钱是最重要的。”

诗人说完这番话，又从口袋里取出一百枚小金币，送给阿尔其岱。

阿尔其岱激动地向两人道谢。两个朋友挥挥手，约好一年以后再来看望他。

这回阿尔其岱学乖了。他到小食品店去买香肠——一年前他硬是没尝到香肠的滋味，一直耿耿于怀。他把一枚小金币含在嘴里，其余九十九枚藏得稳稳当当。你们猜，他藏在哪儿？嗨，藏进了扔在屋角的一只破鞋子里面啦！❷

“这下好了，什么乌鸦也抢不走了！”他暗暗寻思，

❶这一场景的描写，看似滑稽，却将阿尔其岱的狼狈不堪表现得淋漓尽致，不仅不会让人觉得可笑，反而会让人不由得为他的遭遇心生感慨。

❷这部分从动作、神情、心理三个方面写出了阿尔其岱的兴奋之情，表现了他对幸福生活的向往。

❸此处故事又发生了变化。对猫抓老鼠生动、有趣场面的描写，使得情节跌宕起伏，一波三折，增强了故事的戏剧性、可读性。

❹两个一百枚金币都没能解决阿尔其岱的温饱问题，这个小铅球会有什么神奇之处吗？故事情节又会怎样发展呢？

觉得自己这个办法实在太妙了，“小偷也不会有兴趣偷这样破烂的东西。”

当阿尔其岱从小食品店回到家里的时候，他的破鞋子居然不见了。他又穷得跟昨天一样了。幸运的是，他总算买来了香肠。

这是怎么回事呢？阿尔其岱百思不得其解。原来事情是这样的：当他去小食品店的时候，邻家的一只猫溜进了茅屋。这只猫几天没吃到东西了，饥肠辘辘，找遍全屋，什么能吃的东西都没有。恰巧有只小老鼠，突然从洞里蹿出来。猫追过去，吓得小老鼠东躲西逃，钻进了藏金币的破鞋子里。猫用爪子一拨弄，把鞋子翻过来，小金币顿时滚落一地，小老鼠却溜进洞里去了。于是，小金币成了猫的玩具。猫用爪子又拨又推，直到最后一枚金币也掉进了老鼠洞。❸

一年以后，歌唱家和诗人再次如约到来。只见阿尔其岱依旧坐在破茅屋的门槛上，弹着六弦琴。

“嗨，”诗人手指着阿尔其岱惊叫一声，“这太过分了！不会是一百枚小金币又叫乌鸦抢去了吧？”

“唉，善良的先生，”阿尔其岱耸耸肩，叹了口气，“我并不要你们相信什么，因为我自己也不知道钱到哪儿去了。”

“决定一切的是命运，而不是金钱。”歌唱家自信地对诗人说，“这下你应该深信不疑了。”

“相反，”诗人漠然地说，“这更让我坚信，只有金钱能给人带来幸福，但是我已经没有兴趣再来证明自己是正确的了。”

“我试试看！”歌唱家回答。

他在口袋里摸了一会儿，掏出一颗小铅球。“不幸的人，拿去吧！”歌唱家一边说，一边把小铅球交给阿尔其岱，“也许对于你，这东西比钱更有益处。”❹

两个朋友告辞离去了。

小球曾经在歌唱家的口袋里放了很久，但是在阿尔其岱的口袋里放得更久。直到有一天，饥寒交迫的阿尔其岱实在受不了了，连弹六弦琴也不能消忧解愁，这才想起了小铅球。

他把小铅球掏出来，放在手掌心里，心里琢磨：卖掉吗？连一个铜板也不值呀。可它总有用处吧。

忽然，阿尔其岱拍了一下额头："对呀，我怎么没想到！可以做个挺好的沉子呀！"

说干就干，他削了一根柔韧的、长长的柳枝，把一枚别针弯曲成小钩，把小铅球牢牢地坠在线上……过了个把钟头，阿尔其岱已经坐在海边的大石头上钓鱼了。

整整一天，鱼儿仿佛故意考验他似的，怎么也不上钩。他决定跟鱼儿比比耐心。结果，还是他赢了。到日落的时候，鱼儿开始上钩了，一条又一条。啊，他用钓到的鱼煮了一锅鱼汤，味道那个鲜哟，真是美味佳肴！

第二天早晨，阿尔其岱到市场上卖掉了一半的鱼，接着他又回到海边钓鱼。

就这样，他每天钓鱼、卖鱼。半年以后，居然有了一张网。又过了半年，他买进一条小船，成了一个真正的渔夫。

诗人和歌唱家呢？他们自己都很忙碌，把弹六弦琴的穷小伙子完全给忘了。等到两人在家乡重新相遇，已经是五年以后了。于是，他们想起了阿尔其岱，决定去看望一下他。

两个朋友来到老地方。一瞧，茅屋不见了，换成了一幢很漂亮的房子。房前两个小孩儿在做游戏。一位年轻的女主人站在门口，含笑望着孩子。

两个朋友走上前去，向年轻的妇人打听："您知道弹六弦琴的阿尔其岱去哪儿了吗?”

“怎么会不知道呢?”妇人转身去喊,“哎,孩子他爸爸,有两位高贵的先生找你。”

房子里有人应声走出。两个朋友一看,正是阿尔其岱,就急着向他探问:“快给我们讲讲后来发生了什么?”

阿尔其岱请两位朋友坐下,娓娓道来:“……两位高贵的先生,就这样,我有了小船和渔网,成了真正的渔夫。后来,我和柔凡娜相爱了,总不能让年纪轻轻的妻子住进墙歪壁倒的茅屋哇。我们打算造一幢新房子,就动手拆掉茅屋……亲爱的先生请仔细听,接下来的事情跟你们也有关。在旧烟囱上面居然有一个废弃的乌鸦窝,窝里有一顶软帽,帽子里有一百枚小金币。”

柔凡娜取出当年那顶软帽,里面的小金币在叮当作响。阿尔其岱还给歌唱家和诗人每位五十枚,又继续讲下去:“这还不算,拆地板的时候,在屋角的老鼠洞里,又找到九十九枚小金币。我把买香肠的第一百枚也补上了。”阿尔其岱把这一百枚金币交还给诗人。

“至于那个小铅球,”他说,“让我留作纪念吧。”

阿尔其岱话音刚落,两个朋友再次为那个老问题争得面红耳赤。

“命运!”歌唱家叫喊。

“金钱!”诗人高声压倒他。

争来争去,两人还是提出原来的依

据——什么姨妈的遗产啦，著名的露易斯伯爵的支持啦。

“请允许我说说自己的看法。”阿尔其岱听着听着，也参加了辩论，“金钱是重要的，命运也是重要的，不过最重要的是劳动和毅力。诗人先生，姨妈的遗产固然帮了您，然而更重要的是，您虽然多年穷困潦倒，默默无闻，但却从没停止过写诗。歌唱家先生，露易斯伯爵帮您扬了名，然而更重要的是，在伯爵乘船经过的那个幸福时刻到来之前，您一直没有停止过练歌。至于我呢，我所获得的一切，除了您二位的相助，更是双手辛勤劳动的结果。”

歌唱家和诗人沉吟了片刻，接着不约而同地脱口喊出：“以圣母的名义发誓，他的话正确！”

日积月累

争论不休　名扬四海　破破烂烂　无忧无虑　意外之财　闻所未闻　无能为力
舒舒服服　耿耿于怀　稳稳当当　百思不得其解　深信不疑　饥寒交迫
面红耳赤

延伸思考

1. 诗人和歌唱家觉得幸福取决于什么？
2. 读过故事之后，你觉得幸福取决于什么？

辛普森太太和她做的汤

名师导读

“厨师一多，是烧不出好汤来的。”辛普森太太的这句话说的一点不假，故事就是从她做的汤引起的。辛普森太太是一位做菜非常好吃的人，而且她乐于把好的东西与大家分享。一天，她请客人吃饭。做汤时她让女儿们帮忙放盐，可女儿们都拒绝了，她只好自己往汤里加了盐。后来，女儿们觉得应该听妈妈的话，就各自去放了盐。最后……大家可以想象结果了吧。做事时要经常沟通，不然，好事也会变成坏事的。

辛普森太太是小镇上的烹饪高手，她做的汤最出色。

这一天，辛普森太太请了许多客人到她家吃饭。为了让客人美餐一顿，她准备了肉和各种蔬菜，还有她最拿手的美味鲜汤。

宴会那天，辛普森家的每个人都忙碌起来了。辛普森太太的五个女儿净忙着梳洗、熨衣服和打扫屋子，一直到最后一道菜——甜点也做好了，辛普森太太才想起来没做汤，就急忙跑进厨房去烧汤。

辛普森太太拨旺火，把汤炖在炉子上，转身又扫起地来，弄得满手都是灰尘。

她突然想起自己做的汤里面还没有放盐，就想让女儿帮忙。

“苏珊，”辛普森太太说，“妈妈的手太脏了。你往汤里放点盐，好吗？”

“不行啊，妈妈，我在洗头呢。”苏珊说。

“莎拉，你去放点盐，行吗？”

“不行啊，妈妈，”莎拉说，“我的裙子破了，需要缝几针呢。”

“伯莎，你给汤里加点盐吧？”

伯莎说：“不，妈妈，叫别人去干吧。”

“难道这些女儿连一个也使不动？詹妮，你去放点盐吧。”

“妈妈，叫莉尔去吧。我在熨台布呢。”詹妮说。

“不行，妈妈。我的项链不知哪儿去了，我正在找呢。”莉尔说。❶

于是辛普森太太只得放下扫帚，洗好手，自己往汤里加了勺盐。

这时莉尔觉得自己应该听妈妈的话，所以就悄悄走进厨房，往汤里加了盐。詹妮也懊悔起来，觉得自己刚才说话太粗鲁了，于是她也往汤里加了盐。

苏珊走进厨房，闻了闻汤的香味。“哦，放了盐，味道就更鲜美了。”她一边自言自语，一边往汤里加了勺盐。

后来莎拉想：“妈妈太忙了，我确实该帮妈妈一下的。”于是她也往汤里加了点盐。过了一会儿，伯莎也一声不响地走进厨房，往汤里加了点盐。❷

那天晚上，客人都到齐了，他们已经闻到汤的香味了。辛普森太太把汤端到桌上，先给牧师盛了一碗。牧师张开嘴巴，一下喝了一大口汤，眼睛顿时睁得滴

❶ 对话描写采用四种不同的形式，避免了单调乏味的陈述，使语言更加丰富、活泼。

❷ 通过对几个女儿的心理和动作描写，巧妙地将镜头切入厨房加盐的画面。同时也说明几个女儿能够反思自己的言行，知错就改。

❸ 一连串的动作描写，牧师喝汤后的形象跃然纸上。

溜儿圆。他急忙拿起自己的那杯水，一口气喝了个精光。③

这时，辛普森太太知道大事不妙，亲口尝了尝汤，心里全明白了。

“女儿们，你们谁往汤里加过盐了？”她问五个女儿。

“我放了，妈妈。”五个人异口同声地说。

“我也放了，”辛普森太太说，“厨师一多，是烧不出好汤来的。”

这话一点儿不假。

日积月累

烹饪　美餐　懊悔　粗鲁　一声不响　大事不妙

延伸思考

1. 辛普森太太让女儿们给汤加盐，她们为什么都没有去？
2. 牧师喝下汤后，为什么急忙拿起一杯水，一口气喝了个精光？

小红帽

名师导读

《小红帽》早已成为各国人民妇孺皆知的童话作品，版本多达一百多个。这个版本中，故事的结局变成猎人杀死大灰狼，救出了外婆和小红帽。小红帽再次遇到一只大灰狼时，同外婆一道用计杀死了大灰狼。这则从普通老百姓口中讲出的故事，具有通俗、简朴、稚拙的艺术风格，洋溢着浓郁的乡俚气息，表现了纯真的自然美。这个故事告诉我们，现实生活中，和人交往时一定要学会保护自己，不要随便和陌生人讲话，不要轻信别人的话，做个机智、勇敢的好孩子。

从前，有一个十分可爱的小女孩，外婆送给她一顶漂亮的红帽子。她特别喜欢，整天戴着它。因此，大家都叫她“小红帽”。❶

一天，妈妈把小红帽叫到面前，说：“小红帽，外婆病了，你给她送一些蛋糕和葡萄酒吧。她吃了就会好起来的。记住，路上别贪玩，不要离开大路，也别和陌生人说话呀。”

“我记住了，妈妈，我会小心的。”小红帽对妈妈说。

妈妈把蛋糕和葡萄酒装进篮子里，小红帽提着篮子出发了。

“森林好漂亮呀！蝴蝶——蝴蝶等等我！”小红帽边说边去追蝴蝶，一会儿就忘记了妈妈的话，跑到了森林里。❷

一只大灰狼看见了小红帽，打起了鬼主意：这个小红帽细皮嫩肉的，一定很好吃呀！大灰狼走上前，对小红帽说：“你好，小红帽，这么早要去哪里呀？”

小红帽根本就不认识大灰狼，一点也没有防备，说：“你好。外婆病了，我去给外婆送蛋糕和葡萄酒。”

“你真是个好孩子！外婆住在哪里呀？森林这么大，可别迷路呀！”

“不会的。外婆家门前有三棵大橡树，下面围着核桃树篱笆。我能找到的。”小红帽说。

大灰狼见小红帽这么好骗，心里乐开了花：这个小红帽太傻了，我要想办法吃掉她和外婆。于是它陪着小红帽走了一会儿，说：“小红帽，你看这里的花多漂亮啊！这些小鸟的歌声悦耳动听！你应该享受一下呀。”

小红帽抬起头来，看到阳光洒落在树林间，美丽的鲜花竞相开放，心想：我应该摘一束鲜花送给外婆，她一定会很高兴的，说不定病就会好的。于是小红帽沿着小路采起了鲜花，不知不觉走到了林子深处。❸

小红帽采了许多许多的鲜花，都拿不下啦，才重新上路去外婆家。

到了外婆家，她看到外婆家的屋门敞开着，感到很奇怪。她走进屋子，大声叫道：“外婆，外婆，我给你带了蛋糕和葡萄酒，还有一大把鲜花呢。”可是外婆没有回答。

小红帽走到床前拉开帘子，只见外婆帽子拉得低低的，把脸都遮住了，样子非常奇怪。

❶开篇点题，交代了故事的主人公以及名字的由来，生动形象。

❷生动、亲切的语言，刻画出一个天真、活泼、可爱的小女孩。

❸通过语言、动作、心理描写，表现出大灰狼的狡猾和残忍的本性。现在社会中也有一些表面和善内心却丑恶的骗子，他们也是利用小孩天真幼稚的特点哄骗他们。

“哎，外婆，”她说，“你的耳朵怎么变得这样长呀？”

“为了更好地听你说话呀，我的宝贝。”

“外婆，你的眼睛怎么变得这样大呀？”小红帽又问。

“为了更清楚地看你呀，我的宝贝。”

“外婆，你的手怎么变得这样大呀？”

“可以更好地抱着你呀，我的宝贝。”

“外婆，你的嘴巴怎么大得吓人呀？”

“哈哈，当然是为了一口把你吃掉呀！”

原来，趁小红帽采花时，大灰狼来到外婆家，一口吞下了外婆，穿着外婆的衣服躺在床上，等着小红帽。

“狼外婆”一下子从床上跳起来，把小红帽吞进了肚子。大灰狼吃饱了，心满意足地拍拍肚子，重新躺到床上睡觉了。

一位猎人碰巧从屋前走过，听到鼾声震天，心想：这不是小红帽外婆的家吗？鼾声好响啊！是不是出什么事了？猎人推门走进房间，来到床前，发现躺在那里的竟是大灰狼。猎人赶紧掏出猎枪，准备打死大灰狼，突然又想：这狼肚子那么大，一定是吞下了小红帽和外婆。猎人拿起一把大剪刀，把还在呼呼大睡的狼的肚子剪开了。他刚剪几下，就看到了红色的小帽子。小姑娘跳了出来，叫嚷着：“狼肚子里黑漆漆的，把我吓坏了！”他又剪了几下，外婆也出来了，只是有点喘不过气来。猎人赶紧搬来几块大石头，塞进狼的肚子里。大灰狼醒来看见猎人，拔腿就跑。可是肚子里的石头太重了。它刚站起来就跌倒在地，摔死了。

三个人高兴极了。猎人剥下狼皮，回家去了；外婆吃了小红帽带来的蛋糕和葡萄酒，精神好多了；小红帽却在想，我以后一定听妈妈的话，再也不贪玩，不和陌生人说话了。

后来，小红帽又去给外婆送蛋糕，路上又有一只大灰狼跟她搭话。小红帽这次提高了警惕，头也不回地向前走。小红帽告诉外婆，她碰到了大灰狼。那家伙嘴上虽然说“你好”，却目露凶光。要不是在大路上，它准把小红帽给吃了。外婆说：“我们把门关紧，不让它进来。”不一会儿，狼真的假装小红帽来敲门。她们既不说话，也不开门。这长着灰毛的家伙气得围着房子转了两三圈，偷偷跳上屋顶，打算等小红帽回家时偷偷跟在后面，趁天黑把她吃掉。外婆看穿了这家伙的坏心思。她想起屋前有一个大石槽，让小红帽提些煮香肠的水倒进石槽里。香肠的气味飘进了狼的鼻孔，它伸长脖子，使劲地闻呀闻，努力地朝下张望着。它从屋顶上滑了下来，正好落在大石槽中，淹死了。小红帽高高兴兴地回家了。从此再也没有谁伤害过她。

日积月累

悦耳动听　穿梭　竞相开放　心满意足　鼾声震天　呼呼大睡　黑漆漆
拔腿就跑　目露凶光

延伸思考

1. 小红帽第一次遇到大灰狼是怎么做的？你想和她说点什么？
2. 第二次，小红帽和外婆是怎么杀死大灰狼的？

三片羽毛

名师导读

从前有个老国王，给三个儿子三片羽毛，让他们按照羽毛指的方向去寻找世界上最漂亮的地毯、戒指和姑娘。谁获胜谁就继承王位。最后，“缺心眼”的小王子在大蟾蜍的帮助下，当上了国王。这个故事告诉我们，在没有认清自己真正实力的情况下，就盲目地自高自大，瞧不起任何人，这样的人经常会以失败告终。生活中，我们一定要谦虚谨慎，脚踏实地地去做每一件事，决不能敷衍了事，耍小聪明。

从前有个国王，他有三个儿子。老大和老二聪明伶俐。小儿子沉默寡言，人们管他叫“缺心眼”。国王年纪大了，想选一个儿子来继承王位，但不知道选谁好。

一天，国王想出一个好主意，就把三个儿子叫到跟前，对他们说：“你们谁能带回最精美的地毯，我就把王位传给谁。”国王拿出三片羽毛，向空中一吹，说：“孩子们，羽毛飞去的方向就是你们前进的方向，去吧！”三片羽毛一片朝东，一片朝西，第三片向前飞了一阵就落在地上了。国王两个聪明的儿子一个追随着羽毛向东走，一个追随着羽毛向西走，一边走一边嘲笑只能守在第三片羽毛旁边的小王子。

小王子坐到地上，望着羽毛，心里无限忧伤。忽然，羽毛的旁边出现一扇地板门。他惊奇地掀开盖板，看到有几级楼梯，就沿着台阶往下走。

不久又是一道门，他伸手轻轻敲了敲，听到里面传出了动人的歌声：

“青青侍女跛着脚，

跛脚小狗到处跳，

瞧瞧有谁会来到。”❶

门打开了，一只巨大的蟾蜍蹲在那儿，四周挤满了小蟾蜍。大蟾蜍问小王子：“你想要什么？”小王子说：“我想要一块世界上最漂亮、质地最好的地毯。”大蟾蜍招来一只小蟾蜍，对它唱起歌来：

“青青侍女跛着脚，

跛脚小狗到处跳，

搬来大箱子瞧一瞧。”

过了一会儿，小蟾蜍搬来一个大箱子。大蟾蜍从里面拿出一块制作精美的地毯。这是世间少有的珍品。大蟾蜍把地毯送给小王子。小王子高兴极了，谢过大蟾蜍之后，带上地毯出来了。❷

再说两个哥哥。他们认为弟弟傻，一定是一无所获，也就不想费周折用心找了。他们遇到了牧羊人的妻子，随便买了些织得很粗糙的羊毛毯子带了回来。国王看完三个儿子带回来的地毯，十分公正地说：“按照我们的规则，王位应该是小王子的。”

可是两个哥哥坚决不同意，让国王重新制定规则，再比一次。国王被缠得没有办法，只好答应了。国王说：“这次谁带给我的戒指最漂亮，谁就继承王位。”

❶沉默寡言的弟弟守着飞不远的羽毛，这可以看作是一种诚实而又弱小的象征。因为并不聪明，所以不会取巧，也不会花心思去赢取胜利。

❷两位聪明伶俐的哥哥自以为是，看不起弟弟。而弱小的弟弟，在遇到困难的时候，总会出现新的希望。

❸两个哥哥的一再不同意、不甘心，瞬间扒掉了两个哥哥光鲜的外表，直指其狭隘的内心，把故事推向又一个高潮。

国王又拿出三片羽毛，吹向空中，让他们跟着羽毛飞去的方向去寻找。大王子和二王子又是一东一西，而小王子的羽毛又是向上升起后落到原地。哥哥们讥笑他，说他找不到金戒指，自己偷偷取出旧的金戒指拿到金店去重新打制。

小王子没有坐在羽毛旁发愁，他向大蟾蜍求助，需要世界上最漂亮的戒指。大蟾蜍吩咐搬来大箱子，从里面取出一枚别致的宝石戒指。这枚戒指工艺精湛，是任何工匠都做不出来的。国王看过三个儿子交上来的戒指，大声宣布："王位属于小王子。"可两个哥哥蛮不讲理，非让国王答应再比试一次，还说看谁带回来的姑娘最漂亮谁就继位。国王第三次将羽毛吹向空中，它们所指的方向和以前一样。❸

小王子立刻去找大蟾蜍，说："我想要世界上最美丽的姑娘！"

"哦？最漂亮的姑娘！这可能有点麻烦。"大蟾蜍说，"她这会儿不在家，不过等一下就好了。"说着就将一个套着六只小老鼠的空心萝卜交给了小王子。

小王子无可奈何地说："这有什么用呢？"

大蟾蜍说："抓只小蟾蜍放进去就可以了。"说完随手抓了一只放了进去。奇迹马上出现了。小蟾蜍立刻变成了一位美丽端庄的姑娘，萝卜变成了马车，六只小老鼠变成了六匹骏马。小王子吻了吻姑娘，立刻赶着马车回来见父亲。

两个哥哥随后也带回了他们的姑娘。因为他们不愿意多费力气寻找美丽的姑娘，就把最先遇到的农家姑娘带了回来。国王再一次宣布："王位由小王子继承。"两个哥哥又吵又闹，说："我们不同意！不同意！"他们又提出，在大厅中央挂一个圆圈，谁的姑娘能跳着钻过去，谁就继承王位。国王的耳朵都要被吵聋了，只好同意他们的提议。两个哥哥心想：农家姑娘结实强壮，跳过圈子不会有问题，而那位漂亮姑娘一定过不去的。然而，比赛结果却出人意料。两个农家姑娘一个摔折了胳膊，一个摔断了腿。轮到小王子的美貌姑娘，她轻轻一跃就过去了，轻盈得像只小鹿。这一下谁都无话可说了。小王子继承了王位，成为一位英明的国王。

日积月累

沉默寡言　嘲笑　惊奇　精美　一无所获　讥笑　精湛　出人意料

延伸思考

1. 两个哥哥为了争夺王位，与小王子进行了哪些比试？
2. 最后，谁继承了王位？为什么是由他继承的？

仙　女

名师导读

因羡慕人间的生活，吉斯娜·娃吉降到人间。她遇到青年农民，与他真心相爱，却惨遭父亲的阻挠。最终使得两人变成两株稻子，只能彼此深情相望。这个凄美且悲壮的爱情故事，反映了被束缚的男女对自由恋爱的向往，表达了青年男女对旧势力无理束缚自由恋爱的憎恨，同时也鼓舞人们向一切顽固势力做顽强的斗争。

吉斯娜·娃吉是一位美丽的女神，她向往地球上的生活。看到地面上川流不息的人们，她时常叹息，说：“唉，我要是个凡人多好呀！”

父亲巴打拉·古鲁听到了她的话，说：“吉斯娜·娃吉，我可以让你去过凡人的生活。但遗憾的是，你已经喝了长生酒，所以你只能嫁给神，让他来关心你的命运。”

“父亲！”吉斯娜·娃吉激动地说，“我已经找到丈夫了！”

“是谁？”巴打拉·古鲁着急地问，“是我的敌人风神的儿子吗？”

“父亲，不是他，我的丈夫在地上。你往下看，他正在山坡上播种稻谷。”

“这是凡人！”巴打拉·古鲁狂怒了，“你是神仙的女儿，不能嫁给他！”

“但是我想做他的妻子！”吉斯娜·娃吉不甘示弱，“即使以后要我永

远离开天堂，永远当凡人，我都认定了。”❶

“我再说一遍，你不能嫁给凡人！”巴打拉·古鲁凶狠地说，“如果你不听，我就把你变成一株稻子。你懂吗？”

吉斯娜·娃吉有些害怕了。她想到自己的命运要像维湿奴神的妻子捷维·湿丽一样，很是不安。捷维·湿丽就是因为不听丈夫的话，才被丈夫变成一株稻子的。不过吉斯娜·娃吉可没有那么软弱。她不想成为一株稻子，也不想嫁给神，她只想做山坡上播种稻谷人的妻子！❷

第二天，巴打拉·古鲁去同风神打仗。出发前，他对吉斯娜·娃吉说：“我回来时，把冰神的儿子带来做你的丈夫。”

吉斯娜·娃吉恭恭敬敬回答说：“好的，父亲。”

可是不等父亲回家，她就从天上飞下去了。风很高兴地帮助她，一直把她送到那个山坡上。

“现在我可以仔细地看看他了。”吉斯娜·娃吉想着，慢慢地走近农民。青年农民看见吉斯娜·娃吉，马上朝她走过去，问道：“美丽的姑娘，你在这儿找什么？”

“我在找丈夫。”吉斯娜·娃吉羞涩地说。

农民听到这神奇的回答，微笑了一下。

爱情给他们无限的力量，近在咫尺的两人抑制不住心头的喜悦，开怀大笑。❸

❶吉斯娜·娃吉的反击掷地有声，仿佛她怒气冲冲的画面就在眼前，为文章增添了想象的空间。

❷插叙维湿奴神的妻子捷维·湿丽的命运，推动了故事情节的发展，同时暗示着吉斯娜·娃吉不听话的悲惨结局，更突出了她敢于同顽固势力抗争的性格。

❸“羞涩”“开怀大笑”等词语，增添了故事的趣味性，同时展现了神也有人类的一些性格。

❹他们变成两株稻子的结尾，更富有一种积极的意义：活着追求不到的东西，死后继续追求。这是向顽固势力抗争的誓言。

这笑声却给吉斯娜·娃吉招来了灾难。她愉快爽朗的笑声传到了正在同风神作战的父亲的耳朵里。他看见女儿下到凡间，同一个凡人在一起开怀大笑，大为恼火。他马上停止战斗，飞到那块山坡上，吼道：“回到天上去，快点！”吉斯娜·娃吉说：“不回去！我宁愿当凡人。我们一起劳动生活。”她感觉，只有同青年农民在一起才是幸福。她与青年农民的爱情打退了巴打拉·古鲁的意志。

“好，你留在地面上。但你再也不是神，再也不是女人。你得变成稻子，让灵魂永远留在这儿，在这块山坡上。”

巴打拉·古鲁说完，吉斯娜·娃吉就变成了一株细细的稻子。

“捷维·湿丽的命运降落到我身上了。”吉斯娜·娃吉深深地叹息，忧伤地低下头去。青年农民没说一句话，只是亲切地抚摸着自己的情人——稻子。

这时，巴打拉·古鲁看着深情的青年农民，心生怜悯之情：为什么不让他们在一起呢？吉斯娜·娃吉永远成了稻子，她的灵魂留在这山坡上，何不把青年农民也变成稻子……

青年农民也变成了稻子。两株稻子互相弯腰，彼此深情地相望，倾诉着心中的爱恋。④

日积月累

川流不息　不甘示弱　软弱　羞涩　近在咫尺　怜悯

延伸思考

1. 吉斯娜·娃吉认定的丈夫是谁？她是如何与父亲抗争的？

2. 吉斯娜·娃吉与青年农民的结局怎样？你从中读懂了什么？

智擒红胡子

名师导读

华克是一个机智多谋的年轻人。他巧施妙计，既帮助官府抓住了无恶不作的红胡子，又使自己继承了王位。他让我们看到了智慧的巨大力量，他用自己的经历告诉我们：要敢于和善于同邪恶势力做斗争，遇事沉着冷静，运用自己的智慧化险为夷。

华克和加西亚一起去打猎，在一片茂密的大森林里迷路了，又饥又渴。

忽然，他们发现不远处有一间小木屋，兴奋极了。于是不顾劳累，快速走到木屋前。

“哇！这么多果子！我们摘些填填肚子吧！”华克说着，便和加西亚去采果子。

“谁这么大胆，敢偷吃我的果子？”一个红胡子大汉突然出现在他们面前，恶狠狠地说。❶

“对不起，我们打猎迷路了，好几天没吃东西了。您就饶过我们吧！”华克恳求说。

大汉眯着他的小眼睛，说：“我可以让你们吃个饱，但你要帮我办件事。”华克点了点头。

大汉在一张纸上写了歪歪扭扭的几行字，将信装

❶“红胡子”的典型外貌描写，将一个抽象的恶魔形象具体可感地展现在读者面前。

❷随着信件内容的呈现和人物神态的描写，读者的心情也随之起伏，故事的感染力进一步加深。

❸作者通过描写红胡子老婆忙前忙后招待华克，反衬出华克的聪明与智慧。

进信封，交给华克，说：“我家就在前面那座山上，你给我老婆送封信。记住，路上千万不可拆开看！”

华克拿着信独自上路了，心里嘀咕着：红胡子会写些什么呢？他好奇地拆开信：

送信少年一到家，你立刻把他杀掉，用他的肉做包子，等我明天回来吃。

红胡子哈巴巴

“天哪！”华克吓得面色苍白，冷汗直流。❷

红胡子哈巴巴不就是那个杀人不眨眼的强盗吗？华克镇定下来，把信撕了，仿照红胡子的笔迹另写了一封：

送信少年一到家，你就把牛杀了，做些菜给他吃。明天给我带些牛肉。

红胡子哈巴巴

华克来到红胡子家，把信交给他老婆。女主人看完信后忙杀了一头牛，热情招待华克饱餐了一顿。❸

第二天，华克骑上红胡子老婆备好的毛驴，带着牛肉悠哉悠哉地回来了。红胡子见华克安然无恙，十分惊讶。过了一会儿，他又叫华

克去送信。

华克走到半路，又拆开信，念道：

你这个笨女人，为什么不杀了他？如果再不照我说的做，就砍掉你的手和脚！

红胡子哈巴巴

华克连忙仿写了一封信：

你送来的牛肉真好吃。今晚杀只羊好好招待他，明天给我带一些来。

红胡子哈巴巴

❶ 由此我们可以看出，华克做事不仅有智，而且有勇，行事果断。

第二天早上，华克带着食物回来了。红胡子大吃一惊，弄不清到底怎么回事。过了几天，红胡子带着华克和加西亚回家了。

晚上，红胡子夫妇睡熟了。华克悄悄对加西亚说：“红胡子决不会放过我们的，我们快逃吧！”两人摸黑跳出窗子，拼命往前跑。天亮时，他们来到一个热闹的小镇。城门口围着一群人在看布告。他们凑了上去，只见布告上写着：

❷ 红胡子的蛮力，终究敌不过华克的智慧。他即使拼命地敲打，也难逃制裁。

强盗红胡子哈巴巴杀人抢劫，无恶不作。谁能捉住他，国王愿把公主许配给他。

华克决心捉住这个强盗，为民除害。他扮成一位老人，提着斧头，来到红胡子的木屋前，举起斧子砍起树来。❶

“老头儿，你砍树干什么？”红胡子听到外面有动静，走出来大喝一声。

“我们镇上的坏蛋华克死了，他家人叫我替他做口棺材。”

一听是华克，红胡子乐得手舞足蹈，说：“我最恨这个坏蛋了！来！我帮你一起砍吧！”红胡子取来斧子，同华克一起砍了起来。半天工夫，一口棺材做好了。

华克端详着棺材，说：“这口棺材能装得下人吗？也不知道盖子是否盖得紧？”

“我进去试试！”红胡子说完，便钻进了棺材。说时迟，那时快，华克赶紧用力盖上盖子，用长钉把棺材钉死。

华克取出准备好的粗绳子，把棺材牢牢地系好，拖着它向小镇走去。镇上的人看见华克拖着一口棺材回来，都兴高采烈地跟在后面。华克把红胡子交给官府，大家都拍手叫好。❷

国王听说华克捉住了红胡子，非常高兴。他履行当初的承诺，不久就把公主嫁给了华克。

国王去世后，华克继承了王位，把国家治理得井井有条。人民都很爱戴他。

日积月累

又饥又渴　恶狠狠　歪歪扭扭　面色苍白　悠哉悠哉　安然无恙　为民除害　手舞足蹈　井井有条

延伸思考

1. 华克是如何骗过红胡子的老婆的？
2. 华克是怎样捉住强盗红胡子的？你学到了什么？

没有脚才能走到的地方

名师导读

这是一个流传广泛，影响一代又一代人的德国民间故事。故事讲述了一个让人十分羡慕的地方：树上长着面包，河里流着牛奶，天上下的是蜜糖，想要什么应有尽有。不需要劳动，只需要睡觉。抽烟喝酒就能得到奖赏，赌博说谎就能当上大官，学会吹牛更能成为贵族……总之，那儿的人可以不劳而获，吃喝玩乐，过着想过的舒服日子。大家想去这样的国家吗？大家喜欢这样的国家吗？让我们一起去这个国家看看吧。

很久很久以前，有一个叫西拉拉弗雅的国家。这个国家冬暖夏凉，特别舒服。

在这个幸福的国家里，房子不是用砖造的，而是用坚硬的蜜糖饼干砌成的，外面刷了一层彩色的果酱。屋顶不是用瓦盖的，而是用一块一块的巧克力铺成的。每座房子的周围都用各种美味的香肠做篱笆。井里伸出一根长长的管子，里面不是水，而是凉丝丝的甜酒。口渴了，你只要一吸，酒就自己流到嘴里了。

这个国家的白桦树和柳树上都长着新鲜的面包，河里流淌着白色的牛奶。面包从树上掉到河里，就是孩子们最爱的牛奶面包了。站在河边，只要你叫一声“鱼儿，快来”，就会有鱼儿跳到你的盘子里来。

天空中飞着烤熟的鹅、鸭、鸫鸟、松鸡……各种美味的飞鸟应有尽有。

只要你招招手，它们就会飞入你的篮子。

地上看起来像石头的东西都是奶酪，小鸟和小虫都很喜欢吃。酸奶油烧乳猪，到处可以见到。它们的背上插着刀叉，尾巴上有雕花的金银盘子。只要你想吃，它们就会乖乖地和你走回家。到了傍晚，夕阳西下，母鸡们在田野上、草地上走来走去，就会跳出一只又一只的鸡蛋。蛋多极了，从来没有一个人想拿去卖钱。

在这个神奇的国家，天上从来不下雨，下的都是蜜糖；冬天也不下雪，下的是砂糖。有的时候天气不好，还会下冰雹。不过，别担心，那都是糖果、葡萄干、开心果、杏仁……

更奇怪的是，在大森林的树上，会长出各式各样精美漂亮的衣服，有马夹、短上衣、大衣、斗篷、裤子……这些是姑娘们的最爱。树上的叶子都是金币或银币，掉落下来的金币多得都没有人捡。有的时候，孩子们会收集起来做游戏用。

在附近的小树丛里，挂着各种各样的饰品，真是琳琅满目。橡树上长着皮鞋、拖鞋、雨鞋。只要尺码合适，你通通都可以拿回家。桃树上长着各种帽子和刺绣，还有各种好看的小饰品。这里的草都是一条条缎带，有各种颜色。

在这个奇妙的国家里，还有一处有魔力的温泉。任何一个老态龙钟的人，只要一连在里面洗三天澡，就会变得精神焕发，容颜美丽。

这个国家，鼓励大家不要工作，只要你睡觉就会得到报酬。每睡一个小时就会给你一个金币。不管你愿意不愿意，一定得收下。你打一下呵欠，就奖给你两个金币。抽烟喝酒的人更会得到奖赏，喝一口酒就能得到半个金币。爱赌博爱说谎的人就更得意了，他们通常都是警察、法官和银行家。只要你会互相吹捧，就能当上大官。省长呀，部长呀，这些最好的职位，

都是一些吹牛最有本事的人当的。❶

谁愚蠢，一窍不通，不愿学习，就能获得贵族称号。谁不干活，只是吃喝玩乐，就能得到伯爵爵位。这里每年都会举行大赛，大赛的内容是选出最懒惰、粗鲁、凶恶和愚钝的人。这个人就是西拉拉弗雅国国王。而勤恳工作，做好事，不和邪恶势力同流合污的人，就会被当作国家的敌人，被无情地赶出这个国家。

朋友们，你们想到这个奇妙的西拉拉弗雅国去吗？它在十分遥远的地方。谁要去这个国家，必须先要向盲人学习认路，而且只有那些没有脚的人才能走到那个地方。

❶在这个国家不但可以衣来伸手、吃喝玩乐、不劳而获，而且有不良嗜好的人会受到奖励。幽默的语言中蕴含着深刻的生活哲理，值得我们深思！

日积月累

冬暖夏凉　坚硬　凉丝丝　流淌　各式各样　琳琅满目　老态龙钟　精神焕发　一窍不通　同流合污

延伸思考

1. 这个世界真的有这样的国家吗？为什么？
2. 你如何理解“谁要去这个国家，必须先要向盲人学习认路，而且只有那些没有脚的人才能走到那个地方”这句话？

《欧洲民间故事》读后感

仰望天空，星光闪耀，一个个优美而灵动的故事就这样悠然地从眼前飘过。

这是在欧洲各国人民中口口相传，家喻户晓的民间故事。内容包罗万象，文字朴实无华，却寓意深刻，给人以启迪。

《欧洲民间故事》里，有世间最美好的情感——爱。《斯洛伐克好男儿》中，布列苏拉面对土耳其人的烧杀抢掠，挺身而出，奋勇反抗，创造了让人意想不到的奇迹。这是一种家国大爱，让人敬佩不已。《仙女》中，吉斯娜·娃吉和青年农民真心相爱，最终变成两株稻子，彼此深情相望。这是感动天地的美好爱恋。《盐比金子更珍贵》中，小女儿对父亲的爱像盐一样，虽普通却真挚、永久……

《欧洲民间故事》里，还有对人性丑恶的批判与讽刺。面对金跳蚤的诱惑，珠宝商贪婪的本性暴露无遗，最终竹篮打水一场空。骄横跋扈的伯爵，唯利是图的法官，自以为是的王子……这些形象跃然纸上。基于生活之上的夸张描写，使故事在荒诞中呈现一定的真实感。

《欧洲民间故事》更想给我们生活的启示。金钱是重要的，命运也是重要的，不过最重要的是劳动和毅力——这才是幸福的秘诀。与人交往一定要学会保护自己，不要轻信别人的话。生活中，我们一定要谦虚谨慎，脚踏实地地去做每一件事，决不能敷衍了事，要小聪明……

《欧洲民间故事》是劳动人民智慧的结晶，表现了劳动人民纯洁善良的心灵，体现了他们对生命的思索和对美好生活的追求。相信我们每一位《欧洲民间故事》的读者，都可以从这汩汩流淌的文字中收获人生的启迪。